杨武能译
德语文学经典

智利地震
——克莱斯特传奇小说选

〔德〕克莱斯特 著

杨武能 译

商務印書館
创于1897 The Commercial Press

图书在版编目（CIP）数据

智利地震：克莱斯特传奇小说选/（德）海因里希·冯·克莱斯特著；杨武能译. —北京：商务印书馆，2023
（杨武能译德语文学经典）
ISBN 978-7-100-21492-6

Ⅰ.①智… Ⅱ.①海…②杨… Ⅲ.①短篇小说—小说集—德国—近代 Ⅳ.① I516.44

中国版本图书馆 CIP 数据核字（2022）第 249268 号

权利保留，侵权必究。

杨武能译德语文学经典
智利地震
——克莱斯特传奇小说选
〔德〕克莱斯特 著
杨武能 译

商 务 印 书 馆 出 版
（北京王府井大街36号 邮政编码100710）
商 务 印 书 馆 发 行
北京艺辉伊航图文有限公司印刷
ISBN 978 - 7 - 100 - 21492 - 6

2023年3月第1版　　　　开本 880×1230　1/32
2023年3月北京第1次印刷　印张 6⅞
定价：40.00 元

序一

《杨武能译德语文学经典》序

王 蒙

熟知杨武能的同行专家称誉他为学者、作家、翻译家"三位一体",眼前这二十多卷《杨武能译德语文学经典》收德语文学经典翻译,足以成为这一评价实实在在的证明。身为大学教授和博士生导师的杨武能,尽管他本人早就主张翻译家同时应该是学者和作家,并且身体力行,长期以来确实是研究、创作和翻译相得益彰,却仍然首先自视为一名文学翻译工作者,感到自豪的也主要是他的译作数十年来一直受到读者的喜爱和出版界的重视。搞文学工作的人一生能出版皇皇二十多卷的著作已属不多,翻译家能出二十多卷的个人文集在中国更是破天荒的事。首先就因为这件事意义非凡,我几经考虑权衡,同意替这套翻译家的文集作序。

至于杨教授为数众多的译著何以长久而广泛地受到喜爱和重视,专家和读者多有评说,无须我再发议论了。我只想讲自己也曾经做过些翻译,深知译事之难之苦,因此对翻译家始终心怀同情和敬意。

还得说说我与杨教授个人之间的交往或者讲情缘,它是我写这篇序的又一个原因,实际上还是更直接和具体的原因。

前排左一为中国作家协会副主席冯牧，左五为中宣部副部长周扬，左七为对外文委主任林林；二排左三为王蒙，左五为德国大诗人恩岑斯贝格；三排左二为杨武能

陪德国作家游览十三陵

1980年,我奉中国作家协会指派,全程陪同一个德国作家访问团,其时还在中国社会科学院跟冯至先生念研究生的杨武能正好被借调来当翻译。可能这是访问我国的第一个联邦德国作家代表团吧,所以受到了格外的重视。周扬、夏衍、巴金、曹禺等先后出面接待,我和当时的小杨则陪着一帮德国作家访问、交流、观光,从北京到上海,从上海到杭州;到了杭州,记得是住在毛主席下榻过的花家山宾馆里。

一路上,中德两国作家的交流内容广泛、深入,小杨翻译则不只称职,而且可以说出色,给德国作家和我们留下了深刻印象。我和他当时都还年轻,十多天下来接触和交谈不少,彼此便有所了解。后来尽管难得见面,却通过几次信,偶尔还互赠著作,也就是仍然彼此关注,始终未断联系。比如我就注意到他一度担任四川外语学院的副院长,在任期间发起和主持了我国外语

2018年,中国现代文学馆马识途百岁书法展,老哥儿俩最近的一次喜相逢

界的第一次大型国际学术研讨会;知道他因为对中德文化交流贡献卓著,获得过德国国家功勋奖章和歌德金质奖章等奖励;知道他前些年在广西师范大学出版社出版《杨武能译文集》,成为我国健在的翻译家出版十卷以上大型个人译文集的第一人,如此等等。不妨讲,我有幸见证了杨武能从一名研究生和小字辈成长为著名译家、学者、教授和博导的漫长过程。

杨教授说,像我这么对他知根知底且尚能提笔为文的"前辈",可惜已经不多,所以一定要把为文集写序的重任托付给我。我呢,勉为其难,却不能负其所托,为了那数十年前我们还算年轻的时候结下的珍贵情谊!

序二

文学经典翻译与翻译文学经典

许 钧*

近读乔治·斯坦纳的《巴别塔之后——语言与翻译面面观》，书中有这么一段话："为了接近古人，得到精确的回响，每一代人都会出于这种强烈的冲动重译经典，所以每一代人都会用语言构筑起与自己相谐的过去。"①重译经典，在我看来，绝不仅仅是为了接近古人、构筑过去，而更是赋予古人以新的生命。文学经典的重译，就其根本意义而言，是文学经典重构与生成的过程。我一直认为，一部好的文学作品，一定呼唤翻译，呼唤着"被赋予生命的解读"。没有阐释与翻译，作品的生命便会枯萎。是翻译，不断拓展作品生命的空间，延续作品生命的时间。以此观照商务印书馆即将推出的《杨武能译德语文学经典》，我想向德语文学经典新生命在中国的创造者、杰出的翻译家杨武能先生致以崇高的敬意。

---

* 浙江大学文科资深教授，中华译学馆馆长。

① 斯坦纳.巴别塔之后——语言与翻译面面观［M］.孟醒，译.杭州：浙江大学出版社，2020：34.

一个杰出的翻译家，需要具有发现经典的眼光。我和杨武能先生相识已经快35个年头了。1987年，我在南京大学读研究生，主攻文学翻译与研究，那时杨武能先生因为重译了郭沫若先生翻译过的《少年维特之烦恼》，在国内文学翻译界声名鹊起，影响很大。时年5月，南京大学召开中国首届研究生翻译研讨会，南京大学研究生翻译学会让我与杨武能先生联系，我便向他发出了诚挚的邀请，恭请他出席研讨会做主旨报告，指导后学。那次报告的具体内容我已经记不清了，但我永远忘不了在会议期间的交谈中他叮嘱我的一句话："做文学翻译，要选择经典作家。"选择，意味着目光与立场。梁启超曾在《变法通议》中专辟一章，详论翻译，把译书提高到"强国第一义"的地位。而就译书本

1985年，南京大学召开中国首届研究生翻译研讨会，我和杨先生及会议主办者合影于南京大学大门前。中间者为杨先生

身,他明确指出:"故今日而言译书,当首立三义:一曰,择当译之本;二曰,定公译之例;三曰,养能译之才。"梁启超所言"择当译之本",便是"译什么书"的问题。他把"择当译之本"列为译书三义之首义,可以说是抓住了译事之根本。回望杨武能先生60余个春秋的文学翻译历程,我们发现,从一开始他就把"择当译之本"当成其翻译人生的起点与基点。选择经典,首先要对何为经典有深刻的理解。文学经典,是靠阅读、阐释与翻译不断生成的。一个好的翻译家,不仅要对经典有自己独到的理解与领悟,更要在准确把握原文意义的基础上,把原文的精神与风貌生动地表现出来,让文学经典成为翻译经典。60余年来,杨武能先生翻译了近千万字的德语文学作品,无论是古典主义的《浮士德》、浪漫主义的《格林童话全集》、现实主义的《茵梦湖》,还是现代主义的《魔山》,每一部都堪称双重的经典:文学的经典与翻译的经典。首创性的翻译,是一种发现;成功的重译,是一种超越。我曾在多个场合说过,翻译,是历史的奇遇。一部好的作品,能遇到像杨先生这样好的译家,那是作家的幸运,也是读者的幸运。

一个杰出的翻译家,需要具有创造的能力。发现经典、选择经典是文学翻译的起点,而要让原作在异域获得新的生命,则需要译者付出创造性的劳动。莫言在诺贝尔奖颁奖典礼上发表感言时说:"我还要感谢那些把我的作品翻译成世界很多语言的翻译家们,没有他们创造性的劳动,文学只是各种语言的文学,正是有了他们的劳动,文学才可以成为世界的文学。"创造性,是翻

1985年《译林》创刊5周年招待会上,与杨先生及诗人兼翻译家赵瑞蕻合影,左二为杨先生

译应具有的一种精神,也是历代译家所追求的一种境界。杨武能先生深谙翻译之道,他知道,一部文学佳作要在异域重生,需要翻译家发挥主体性,不仅译经典,更要还它以经典。早在1990年,他就撰写了《文学翻译与翻译文学:兼论翻译即阐释》一文,在文中明确区分了文学翻译与翻译文学的概念,指出:"要成为翻译文学,译本就必须和原著一样,具备文学一样的美质和特性,也即除了传递信息和完成交际任务,还要具备诸如审美功能、教育感化功能等多种功能,在可以实际把握的语言文字背后,还会有丰富的言外之意,弦外之音,以及意境、意象等难以言传、只可意会的玄妙的东西。"[①]基于这样的认识,他对文

---

① 杨武能.译翁译话[M].杭州:浙江大学出版社,2020:279.

学翻译应达到的高度有着自觉和积极的追求。他认为,"面对复杂、繁难、意蕴丰富、情志流动变换的原文",译者不能"消极地、机械地转换和传达或者反映",应该主动"深入地发掘、发扬和揭示"。为此,他调遣各种可能,去创造性地重现《少年维特的烦恼》中蕴含的多重情致与格调,传达《魔山》独特的哲理性与思辨性,"再现大师所表达的丰富深刻的思想、精神,感受、再创杰作所散发的巨大强烈的艺术魅力"(见《译翁译话》第82页)。

一个优秀的翻译家,应该具有不懈求真的精神。杨武能先生译文学经典有一个明确的目标,就是要"创造传之久远的、能纳入本民族文学宝库的翻译文学,要创造美的翻译和美玉、美文"(见《译翁译话》第19页)。文学翻译,要具有文学性,具有审美特质,具有美的感染力。作为一个优秀的翻译家,杨武能先生清醒地知道,当下的文学翻译界对于"美"的认识存在着不少误区,甚至有的把翻译之"美"简单地等同于辞藻华丽。他强调说明:"我翻译理念中的'美',指的是尽可能充分、完美地再创原著所拥有的种种文学美质。而非译者随心所欲地想怎么美就怎么美,更不是眼下一些人津津乐道的所谓的'唯美'。"(见《译翁译话》第19页)换言之,追求翻译之美,在于追求翻译之真,需要有求真的精神。再现美,首先要把握原作的美学价值与审美特征,为此必须对原作有深刻的理解。杨武能先生在文学翻译中始终秉承科学求真的精神,对拟译的文本、作家有深入的研究、不懈的探索,坚持在把握原文的精神、风格与特质的基础上再现原作之美，以达到形神兼备。翻译与研究互动，求真与求美融通，构成了杨武能先生文学翻译的一大特色，也因此铸就了杨武能先生翻译的伦理品格。

发现经典、阐释经典、再创经典，这便是杨武能先生的文学翻译之道。杨武能先生的译文，数量之巨、涉及流派之多、品质之高、影响之广，难有与之比肩者。开风气之先，以翻译不断拓展思想疆域的商务印书馆陆续推出《杨武能译德语文学经典》，这在中国的文学翻译出版史上是件大事，可喜可贺。在《杨武能译德语文学经典》即将与读者见面之际，杨先生嘱我写序，我欣然从命。一是因为我们有特殊的校友之情，在南京大学建校110周年之际，我曾写过一篇文章，题目叫《一直引着我前行——我心中的杰出校友杨武能先生》，对这位前辈校友，我心存感激：

2018年，中国翻译史上的大事件：中华译学馆成立！照片中前排左一为唐闻生，左三为杨先生，左二为本人

在我的翻译与翻译研究之路上，在我前行的每一个重要的路段，在我收获的每一个重要的时刻，都有他留下的指引的闪光。南京大学有幸有杨武能先生这样杰出的校友，他的杰出不仅仅在于他卓越的学术建树、他在国际日耳曼学界广泛的影响，更在于他在与后学的交往中所体现出的一种榜样的力量。二是因为我深知这是一份重托：前辈的文学翻译之路，需要一代代新人继续走下去；前辈的翻译精神，需要后辈继承与发扬。让我们从阅读《杨武能译德语文学经典》开始，追随杨武能先生，以我们用心的细读和深刻的领悟，参与经典的重构，让外国文学经典在中国的新生命之花更加灿烂。

2021年8月1日于南京黄埔花园

自序

天时·地利·人和
成就译翁"一世书不尽的传奇"

我应约写过一篇《我的外语生涯》[①]，回顾自己半个多世纪学外语、教外语、担任外语学院领导，以及使用外语做学术研究和进行国际文化交流的点滴往事和心得，以庆祝中国共产党成立100周年。这回我再写一文介绍我的翻译生涯，作为即将面世的《杨武能译德语文学经典》的自序。

60多年以外语为生存手段，教书和学术研究是我的本职工作，说多重要有多重要；然而，我毕生心心念念的却是文学翻译，梦寐以求的是成为一名文学翻译家兼作家，文学翻译才是我真正的志趣、爱好和事业。眼前这套《杨武能译德语文学经典》，乃我60多年心血的结晶。它犹如一棵树冠如盖的巨树，树上结满了鲜艳夺目、滋味鲜美、营养丰富的果实；它长在一片土壤肥美、风调雨顺的大园子里。这座历史悠久的名园叫：商务印书馆！

[①] 选自：王定华，杨丹.人类命运的回响——中国共产党外语教育100年［M］.北京：外语教学与研究出版社，2021.

开编新闻发布会上,巴蜀译翁杨武能分享从译60多年的经历与感悟

"译协影子会长"、译林出版社老社长李景端,一口气举出译翁创下的15项第一①

小子我从译之路漫长、曲折、坎坷,且不乏传奇色彩②。浙江

---

① 除了李景端,还有中国译协常务副会长黄友义先生和中华译学馆馆长许钧教授做了长篇视频致辞。

② 凤凰卫视2021年做了一期总题名为《译者人生》的专访,经"译协影子会长"李景端推荐,老朽被访了差不多一个星期,因为"他的故事多"。

大学出版社2020年出版的《译翁译话》、四川文艺出版社2017年出版的《译海逐梦录》和湖北教育出版社2000年出版的《圆梦初记》,都详述了我做文学翻译的经历和心路历程,这篇序文只摘取几个最奇异的片段,侧重说说我当文学搬运工一个多甲子的心得和感悟。一个多甲子啊,有几人熬得过……①

走投无路的选择

巴蜀译翁杨武能生于抗日战争全面爆发第二年的1938年,11年后新中国诞生时刚小学毕业。尽管当工人的父亲领着我跑遍山城重庆的包括教会学校在内的一所所中学,还是没能为他的儿子争取到升学的机会。失学了,12岁的小崽儿白天在大街上卷纸烟卖,晚上却步行几里路去人民公园的文化馆上夜校,混在一帮胡子拉碴的大叔大伯中学文化,学政治常识,学讲从猿到人道理的进化论。是父亲基因强大,我自幼便倾心于读书上学。

眼看我要跟父亲一样当学徒工

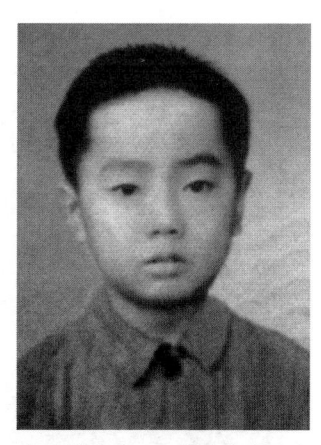

农民的孙子、工人的儿子,儿时的巴蜀译翁杨武能

---

① 一个多甲子从我得到李文俊、张佩芬提携,在《世界文学》发表译作算起,此前的小打小闹就不算啦。

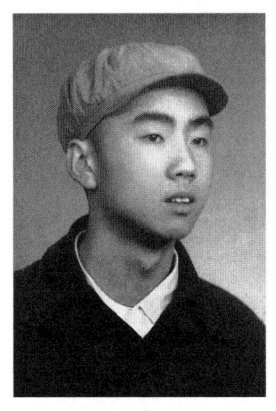

重庆育才学校学生

了，突然喜从天降：第二年秋天，在父亲有幸成为其联络员的地下党帮助下，我"考取了"人民教育家陶行知创办的育才学校，进了重庆解放初唯一一所不收学费还管饭的学校！

在育才，我不仅圆了求学梦，还懂得了做人的道理。老师告诉我们要早日成才服务社会，还讲我们的目标就是实现电气化。于是我立志当一名电气工程师，梦想去建设想象中的三峡水电站。

毕业40年后回母校拜谒陶行知老校长

谁料，初中毕业时，一纸体检报告判定我先天色弱，不能学理工，只能学文，梦想随即破灭。1953年我转到重庆一中念高中，还苦闷彷徨了一年多,其间曾梦想学音乐当二胡演奏家或者歌唱家,结果也惨遭失败。后幸得语文老师王晓岑和俄语老师许文戎启迪、引导,才在走投无路的情况下选学外语,确立了先做翻译家再当作家的圆梦路线。

1956年秋天,一辆接新生的无篷卡车把我拉到北温泉背后的山坡上,进了西南俄文专科学校。凭着在育才、一中打下的坚实的俄语基础,我半年便学完一年的课程跳到了二年级。

高中学生杨武能

重庆一中毕业照(前排右一为王晓岑老师,右二为潘作刚老师,右四为唐珣季老师,右五为甘道铭校长,右六为刘锡琨副校长,右七为张富文老师,右八为陈尊德老师,右九为团委书记方延惠,右十为许安本老师,三排右三为我)

西南俄专，1957年元旦　　　与同班同学刘扬体等游北温泉公园

因祸得福出夔门

眼看还有一年就要提前毕业，领工资孝敬父母，改善穷困的家庭生活，谁知天有不测风云：牢不可破的中苏友谊破裂了，学俄语的人面临"僧多粥少"的窘境。于是我被迫东出夔门，顺江而下，转到千里之外的南京大学读日耳曼学，也就是德国语言文学，从此跟德语和德国文化结下不解之缘。这一做梦也没想到的挫折，事后证明跟因视力缺陷不能学理工才学外语一样，又是因祸得福。

南京大学学子

须知单科性的西南俄专，无论是硬件还是软件，都远远无法与老牌综合性大学南京大学相比。而今忆起在南大五年的学习生活，尽管远在异乡靠吃助学金过活的穷小子受了不少苦，仍感觉如鱼得水般地畅

同班同学秋游中山陵,前排左三为挚友舒雨

本人是那个穿破裤子的裁判,注意:补丁是自己一针一针缝上去的

快,因为有了实现理想的条件和可能嘛。

要说南大学习条件优越,仅举一个例子为证:

搞文学翻译,原文书籍的获得和从中挑选出有价值的作品,

实乃第一件大事；没有可供翻译的原文，真叫"巧妇难为无米之炊"。作为南大学子，我身在福中。师生加在一起不过百人的德语专业，拥有自己的原文图书馆不说，还对师生一律开架借阅。图书馆的藏书装满了西南大楼底层的两间大教室，整个一座敞着大门的知识宝库，我呢，好似不经意就走进了童话里的宝山。

更神奇的是，这宝山也有个"小矮人"守护！别看此人个头矮小，却神通广大，不仅对自己掌管的宝藏了如指掌，而且尽职尽责，开放时间总是坚守在自己的位置上，对师生的提问一一给予解答。从二年级下学期起，我几乎每周都得到这"小老头儿"的服务和帮助。起初我只是感叹、庆幸自己进入的这所大学真是个藏龙卧虎之地！日后才得知这位其貌不扬、言行谨慎的老先生，竟然是我国日耳曼学宗师之一的大学者、大作家陈铨。

风华正茂的叶逢植老师

1982年陪叶老师走海德堡哲人之路

不过我在南大的文学翻译领路人并非陈铨，而是叶逢植。20世纪五六十年代，叶老师尚未跻身外文系学子崇拜的何如教授、张威廉教授等大翻译家之列。不过，我们班的同学仍十分钦慕他，对他在《世界文学》发表的译作，如席勒的叙事诗《伊璧库斯的仙鹤》和广播剧《人质》等津津乐道，引以为荣。

正是受叶老师影响，我才上二年级就尝试搞翻译，也就是当年为人所不齿的"种自留地"。1959年春天，《人民日报》发表了我翻译的非洲民间童话《为什么谁都有一丁点儿聪明？》，对我而言不啻翻译生涯中掘到的"第一桶金"。巴掌大的译文给了初试身手的小子我莫大鼓舞，以至一发而不可收，继续在小小的"自留地"上挖呀，挖呀，挖个不止，全然不顾有可能戴上"资产阶级名利思想严重"和"走白专道路"的帽子。

真叫幸运啊，才华横溢又循循善诱的叶老师在一、二年级教我德语和德语文学。在他手下，我不只打下了坚实的语言基础，还得到从事文学翻译的鼓励和指点，因此在那个物质和精神都极度匮乏的困难年代，我们之间建立起了相濡以沫的深厚情谊。

小译者发表习作的大刊物

可怜，待分配的肺痨书生！

《译翁译话》第一辑《译坛杂忆》，详述了鄙人"种自留地"拿稿费改善自己和父母经济生活，以及后来在叶老师指引下在《世界文学》刊发德语文学经典翻译习作的情况。想当年，中国发表文学翻译作品的期刊，仅有鲁迅创刊、茅盾主编的《世界文学》一家，未出茅庐的大学生杨武能竟一年三中标，实在不易。

南大德文专业1962年毕业照（前排右五为学生们敬爱的郭影秋校长，右四为系主任商承祖，右三为张威廉教授，右二为林尔康老师，右一为马君玉老师；二排右一为帅哥关群，右二为"痨病鬼"，右三为刘大方，右四为贾慧蝶，右五为张淑娴，右六为小三姐舒雨，右七为团支书曹志慕，右八为志愿军大哥何平谷，右九为王志清大哥，右十为"二胡"潘振亚，右十一为班长张复祥；后排左一为秦祖镒，左二为张春富，左三为杨明，左四为篮球健将陈达，左五为沈祖芳，左六为林尧清，左七为张至德，左八为马明远，左九为华宗德）

就这样，还在大学时代，我连跑带跳冲上了译坛，可也为此付出了沉重代价：毕业前一年，我患了肺结核，住进了郭影秋任校长的南大在金银街5号专为学生设立的疗养所。

1962年秋天毕业却因病不得分配，我寂寞、痛苦地在舒雨的陪伴下①等待了几个月，才勉强回到由西南俄专发展成的四川外语学院报到。

毕业后头两年我还在《世界文学》发表了《普劳图斯在修女院中》和《一片绿叶》等德语古典名著的翻译。

谁料好景不长，1965年中国唯一一家外国文学刊物《世界文学》停刊了，接着就是十年"文革"，我的文学翻译梦遂成泡影，身心堕入了黑暗而漫长的冬夜。

否极泰来说"文革"

译翁对"文革"深恶痛绝，它不但粉碎了我做文学翻译家的美梦，还给年纪轻轻的小教员我扣上"反动学术权威"的帽子，仅仅因为我译过几篇古典名作而已。我父亲更惨，莫名其妙地就从革命群众变成"历史反革命"，被勒令到长寿湖学习改造，儿子自然也被划入了"黑五类"另册。业务再好，教学再努力，我当个小小教研室主任前边也得加个"代"字，真是倒霉到了极

---

① 舒雨，我的南大同班同学。身为老舍先生的三女儿，她身份显赫，生活优裕，却偏偏青睐我这个四川"小瘪三"。《译海逐梦录》里有一篇《小三姐》，写她为什么会陪我待分配，以及我在长江边上与她洒泪分别的情景。

1978年冬天，在导师冯至温暖的书房

1982年秋第一次到德国出席学术会议，会后随恩师冯至、叶逢植游览慕尼黑

点，憋屈到了极点！

正是太憋气、太受气，我才忍无可忍，才在1978年以40岁的大龄破釜沉舟：已经获得的讲师头衔不要了，抛下即将生第二个孩子的弱妻和尚年幼的女儿，愤而投考中国社会科学院冯至教授的研究生！

结果呢，我鲤鱼跳龙门，摇身一变成了歌德学者，成了"翰林院黄埔一期"①的一员！

若不是"文革"逼我铤而走险，十有八九小子我还是一名德语教员，充其量也就能奋斗进黄永玉老爷子所谓"满街走"的教授队列。

"文化大革命"把偌大

---

① "翰林院"系中国社会科学院研究生院当年的谑称。1978年恢复研究生制度，在"人才难得的呼喊声中"，许多被"文革"耽误、埋没的知识精英蜂拥进了社科院研究生院，在温济泽老院长的操持下，它的"黄埔一期"真出了不少将帅之才。

一个中国生生变成了文化荒漠。浩劫过后接着是文化饥渴，小子我生逢其时，交了好运，在人民文学出版社孙绳武和绿原前辈帮助下翻译出版了《少年维特的烦恼》，恰如灾荒年推到市场上一大筐新烤出来的面包，"饥民"们一阵疯抢，借着前辈郭老的余威，小子暴得大名！随后译作、著作便一本接一本上市喽。

时也，命也！

《少年维特的烦恼》部分杨译本（包括捐赠了稿费的盲文本）

经过这场浩劫，党和政府毅然拨乱反正，实行改革开放，为中华腾飞打下了坚实基础，小平同志居功至伟。我家里摆着两尊伟人铜像：一尊为毛泽东，一尊为邓小平！

祸兮福兮忆抗战
——亲爱的"下江人"

我出生在抗日战争全面爆发的第二年，依稀记得大人抱着我躲警报的情景，刚懂一点点事就切齿痛恨日本鬼子狂轰滥炸我的家园，永世不忘国家民族的深仇大恨！

抗战期间，陪都重庆经济文化空前繁荣，小小年纪的我同样受益匪浅。这里我讲一个非亲历者体会不到的例子：

抗战时期逃难到大后方的有许多"下江人"，也就是江浙、京沪乃至东三省的上层人士和文化精英。抗战期间，难民们受到四川的庇护、款待，对包括重庆在内的第二故乡四川怀有深深的感恩之情。前不久我读到叶逢植老师的一部未刊德语回忆录，说他们从四川回南京后自然形成了一个讲四川话的小圈子，大家都以到过四川为荣，彼此格外亲切。我长大后浪迹南京、北京，涉足文坛遇到许多恩人贵人，从恩师冯至先生到挚友老舍的三女儿舒雨和她的丈夫潘武一，从亦师亦友的译坛领路人叶逢植到忘年之交英语兼德语翻译家傅惟慈，从高风亮节的诗人、翻译家兼编辑家绿原到作家、翻译家冯亦代，等等。这些在我从译和治学路上扶持、提携我，有恩于我的人，他们的一个

冯亦代三不老胡同听风楼中的座上客

鲁迅文学奖翻译奖评议组组长绿原和他的组员杨武能

共同点便是饮过川江水的"下江人"。我忍不住要述说自己这一特殊经历、感受,因为老头子不讲,再过一些年恐怕没有谁会再知道和再想起讲这些亲爱的"下江人"啦!

京城有巴蜀游子的两个落脚点:一个在舒雨、潘武一灯市西口的家中,一个在傅惟慈四根柏胡同的小院里。左一为傅教授的儿女亲家叶君健

人生路漫长曲折,祸福无常,祸福相倚。鄢翁60多年的译著生涯,每每印证此理。多有"山重水复疑无路"的困顿迷茫,绝望挣扎,接着总会"柳暗花明又一村",眼前豁然开朗,心中欣幸欢悦。此时此刻此情此景,每一个不惧艰险、不懈奋进的追求者,都会像浮士德博士一样喊出:你真美啊,请停一停!

鄢翁咬牙在从译之路上奔波、跋涉,一次次跌倒了再爬起来,方有今日之光景。但柳暗花明和跌倒了再爬起来,打拼出新的局面,没有幸逢一位位恩人、贵人,那是不可能的!

格林童话助我"返老还童"

回眸一个多甲子的文学翻译生涯,无论如何也不能不说说译林出版社和它1993年推出的《格林童话全集》。而今,杨译格林童话在读者中的影响,已经超过杨译《少年维特的烦恼》和《浮士德》,为我赢得的老少粉丝数以亿计。不仅如此,《格林童话全集》帮助我"返老还童",使我这棵翻译"老树"在风风雨雨半世纪之后又发出了"新枝"。这个情况,当然早已为业内注意到,于是我慢慢被视为译介少儿作品的好手,因此收到了各式各样的约请。

2007年,经儿童文学理论家王泉根教授推荐,我应邀担任湖南少年儿童出版社"全球儿童文学典藏书系"的"翻译专家委员会委员",不但接受组织德语作品翻译的委托,自己也承担和完成了《七个小矮人后传》和《胡桃夹子》等几本小书的翻译。书虽说单薄,跟我已出版的大多数译著相比微不足道,却是我进入新的年龄段即70岁后的第一批成果,不但使我重温了20年前翻译《格林童话》的美妙滋味,还认识到为孩子们干活儿的非凡意义。不再做翻译的决心动摇了,我开始考虑在保持健康的前提下,力所能及地再为孩子们做点事。

恩德此书被誉为德语文学的现代经典,貌似童书,却有点《浮士德》《西游记》的味道

2010年，以出版少儿读物享有盛誉的二十一世纪出版社找到远在德国的我，约我翻译德国当代著名儿童文学作家普罗斯勒的《大帽子小精灵霍柏》与《霍柏和他的朋友毛球儿》。为考验该社诚意，我提出相当高的签约条件，不想他们慨然应允，这就使我再也脱不了手。两本小书交稿后，他们又请我重译已故当代德国儿童文学大师米切尔·恩德的代表作《永远讲不完的故事》和Momo。我查了资料，发现这两本书的旧译不但广为流传，而且译者都是熟人，因此颇感为难。我把疑虑告诉了联系人，得到的回答却是请我重译一事已经过慎重考虑，决定系由社长张秋林本人做出，只因他喜欢我的译笔①。思考再三，几经踌躇，我终于决定接受约请，理由是应该以广大小读者的接受为重，以大师恩德杰作的传播为重，而不能太在乎个人的得或失②。

我为二十一世纪出版社翻译的童书很多，这里只展示《永远

如同Momo，此书是批判后工业社会的生态小说

---

① 前些年，秋林曾代表台湾地区某出版社约我译恩德的《如意潘趣酒》。
② Momo在20世纪八九十年代就有中译本，我印象最深的是译林出版社资深编辑赵燮生的《莫莫》，因为燮生邀我为它写过序。二十一世纪出版社的重译本《毛毛》也许译名取得巧，结果后来居上。我译重了Momo，尽管煞费苦心把译名变成了《嫫嫫》，还是未能免掉麻烦和困扰。不过这只是一点点不值一提的鸡毛蒜皮，革命航船仍然乘风破浪，也就是得大于失，反倒加快了"返老还童"的进程。

讲不完的故事》和《如意潘趣酒》的封面。

再说我的"返老还童",为此我由衷感谢在激烈的争夺中与我签订"格林兄弟"作品出版合同的李景端①,还有责任编辑施梓云,没有这位称职"保姆"养育、呵护,"孩子"不会长得如此健壮可爱,这么有出息!很自然地,译林出版社和李、施两位都成了本翁的好朋友。

欣慰自豪一二三

我从译半个多世纪真没少经历痛苦磨难,但更多的是师友的教诲、帮助,恩人贵人的扶持、提携,因而有了一些可堪欣慰、自豪的成绩,在此略述一二。

其一,毕生所译几乎全是名著佳作,尤以古典杰作居多。翻译古典名著很难避免重译。重译亦称复译,复译之必要已为业界公认,问题只在质量和效果。重译者做到了推陈出新、更上层楼,有利于原著进一步传播,有利于读者更好地接受,价值就不容否认和低估,就不一定比新译或所谓"原创性翻译"来得差。具体说到我重译的歌德代表作《浮士德》《少年维特的烦恼》《迷娘曲——歌德诗选》《歌德谈话录》,以及《阴谋与爱情》《海涅抒情诗选》《茵梦湖》和《格林童话全集》等,事实

---

① 他一听说漓江出版社也属意我的《格林童话》译稿,立马从南京奔到我成都的家中,和我签了出版合同。

表明都得到了同行专家的赞赏,出版界和读书界的欢迎。例如《少年维特的烦恼》入选了人民文学出版社、作家出版社以及商务印书馆等权威大社"名著名译"丛书,《浮士德》被藏入国家领导人的书柜,《格林童话全集》成为教育部推荐的中学生"新课标"选本。

除了重译,译翁也有不少首译的作品,较重要的如托马斯·曼70多万字的巨著《魔山》,黑塞的长篇小说《纳尔齐斯与歌尔德蒙》,海泽的中篇集《特雷庇姑娘》,迈耶尔的中篇集《圣者》,以及霍夫曼、克莱斯特等的许多中短名篇,还有米切尔·恩德的现代经典童话《如意潘趣酒》等,加在一起不但数量可观,也同样受到读者欢迎、同行肯定。

《魔山》等经典名著部分译本

其二,鄙翁尽管痴迷于文学翻译实践,却不只顾埋头译述,做一个吭哧吭哧的"搬运工",也对文学翻译做过不少理论思考,对它的性质、意义、标准以及从事此道的人必须具备的条件和修养等,形成了有个人见解且言之成理、立论有据的理念,或者勉强也算理论。老朽自视为译学研究舞台上的"票友",却有同行谬赞吾为"文学翻译家中的思想者"。

说起文学翻译理论,一言以蔽之,我特别重视"文学"二字。早在20世纪80年代,区区就强调优秀的译文必须富有与原著尽可能贴近的种种文学元素和美质,也就是在读者审美鉴赏的显微镜下,译文本身也必须是文学,即翻译文学。而这一点,即文学翻译除去正确和达意之外,还必须富有与原文近乎一样的文学美质,正是文学翻译的难点和据以区别于他种翻译的特质。

德国人称纯文学(即Belletristik)为"美的文学"(schöne Literatur),我想不妨也称文学翻译为"美的翻译",或曰"艺术的翻译"。使自己的译作成为"美的翻译",成为"美玉"、美文,成为翻译文学,是我半个多世纪翻译生涯的不变追求。

为避免误解,我必须强调:翻译理念中的"美",指的是尽可能充分、完美地再创原著所拥有的种种文学美质,而非译者随心所欲地想怎么美就怎么美,更不是眼下一些人津津乐道的所谓"唯美"和为美而美。

要创造传之久远的、能纳入本民族文学宝库的翻译文学,要创造美的翻译、美文、"美玉",必须充分发挥翻译家的主观能动性和创造精神。因此我赞成说文学翻译是艺术再创造;因此我认为,翻译家理所当然地应当是文学翻译的主体,也事实上是主体。

其三,我践行了早年提出的文学翻译家必须同时是学者和作家的理念，几十年来努力追寻季羡林、戈宝权、傅雷等译界前辈的足迹，把研究、翻译、创作紧密结合起来，让它们相辅相成、相得益彰，在完成教师本职工作之余，翻译、研究、创作齐头并进，在三个方面都取得了或大或小的成绩，出版的译著、论著和创作总计约40部。即使仅仅作为翻译家，我在学者和作家朋友面前当也不自惭形秽。其他理由不说了，只讲我译著的读者数量以千万计，而一部名著佳译流传数十年甚至更加长远，可以影响一代又一代人，这难道不值得自豪吗？

还值得一说的是，几十年来我积极参加国内外翻译界的活动，不甘于做一个把自己关在屋子里爬格子的书呆子和匠人。有机会向前辈和国内外同行学习，我获益匪浅。

社科院众多大儒中我最亲近戈宝权。1987年他应邀出席四川翻译文学学会成立大会，会后偕夫人梁培兰做客我在四川外语学院的寒舍，与我妻子王荫祺和次女杨熹合影。我受他影响，也涉猎中外文化关系研究

我读研时去北大听过田德望先生的课，他待我很好。我参评教授时，他写推荐多有美言，是我视为表率的德语和意大利语翻译大家

1985年，我参加了在烟台举行的全国中青年文学翻译经验交流会

也是1985年，出席《译林》杂志创刊五周年纪念会，我拜识了一大批前辈名家。

三排右一为周珏良，右二为毕朔望，右三为杨岂深，右四为吴富恒，右五为戈宝权，右六为汤永宽，右七为屠珍，右八为梅绍武；中排左一为吴富恒夫人陆凡，左二为董乐山；前排左一为东道主，左二为陈冠商，左三为杨武能，左四为郭继德，左五为施咸荣

1992年珠海白藤湖，我出席海峡两岸文学翻译研讨会，欣逢自称半个四川人的"下江人"余光中先生，与他一见如故。

乡愁诗人与我的忘年之交

在白藤湖，我还拜识了王佐良、齐邦媛和金圣华等译界名宿。

图为李文俊、方平、董衡巽和小杨（时年54岁）

2004年任欧洲译协驻会翻译家

1999年歌德诞辰250周年，我受聘赴魏玛"《浮士德》翻译工场"打工，作为唯一中国代表与来自全世界的《浮士德》翻译家切磋译艺。"工场"关门后又应邀赴艾尔福特开更大的世界歌德翻译家研讨会。

在欧洲译协与诺奖得主君特·格拉斯相谈甚欢

遗憾的是，当今中国，翻译家在文艺界和学术界没有受到足够的重视：即使是经典译著，在高校通常也不算科研成果，翻译的稿酬标准也远低于创作。对此，翻译家们心怀愤懑却无能为力，不少人因此失望、自卑。译翁却不但不自卑，心中还充满自豪，反倒为自己是一名有成就、有作为、有影响的文学翻译家自豪！

夫唱妇随，在欧洲译协驻会翻译家居住的小别墅门前

在艾尔福特的世界歌德翻译家研讨会做报告

2018年荣获"翻译文化终身成就奖",这是巴蜀译翁在国内得到的最高奖项

我不是傅雷，我是巴蜀译翁，巴蜀译翁！

近些年，有媒体报道称老朽为"德语界的傅雷"：2013年6月27日，中国网河南频道报道"德语界傅雷"杨武能荣获歌德金质奖章；《成都商报》说什么"德语界的傅雷"川大教授杨武能获得了"翻译诺贝尔奖"；2018年，又有报道说80高龄的杨武能"拿下了"翻译文化终身成就奖，称誉他为"德语界的傅雷"，云云。不只某些媒体，严谨的学术界也偶有拿我跟傅雷相提并论者。

傅雷先生（1908—1966）是中国翻译文学史上的一座丰碑，我走上文学翻译道路就是中学时代受了先生和汝龙、丽尼等前辈的影响，傅雷更是我从译之路上的向导乃至偶像。我说我不是傅雷，没有丝毫贬低他的意思，相反我对先生十分崇敬和感激。我所以坚称自己不是傅雷，因为我就是我，我跟傅雷有太多的不同。多数的不同不言自明，只有一点必须要强调，因为影响大而深远：

傅雷比我早生30年，58岁不幸去世；同成长在新中国，虽也历经坎坷，却在和平环境里幸福地多劳作了数十年的译翁，不可同日而语！译翁施展的时间和空间远远大于傅雷前辈，能创造和贡献的自然应该更多更大。至于是不是真的更多更大，则有待评说。

感恩故乡，感恩祖国

2018年年届耄耋，我突发奇想，给自己取了个号或曰笔名：巴蜀译翁。

一辈子混迹文坛，我用过的笔名不少，大多随用随弃，但这"巴蜀译翁"将一直用下去。它不只蕴含着我对故乡无尽的感恩之情，还另有一层含义！

我出生在山城重庆较场口十八梯下厚慈街，从小爬坡上坎，忍受火炉炙烤熔炼，练就了强健的筋骨、刚毅的性格。天府四川的文学沃土养育我茁壮生长，我自幼崇拜李白、杜甫、苏东坡，尤其是苏东坡！我生而为重庆人，重庆人就是四川人；我一辈子都为自己是四川人而自豪，为自己是李白、杜甫、苏东坡、郭沫若、巴金的同乡、后辈而自豪。没想到行政区划的

苏东坡，译翁奉他为古代中国的歌德①

---

① 2000年法国《世界报》评选出1001—2000年间的"千年英雄"，全世界入选者12人，中国也是亚洲入选的唯一一位就是苏东坡。

变化，有一天我突然不是四川人了！我实在难过，想起杜甫草堂、武侯祠、三苏祠就难过！我取"巴蜀译翁"这个名号，是要表明自己对四川—重庆人这个身份的忠诚。

得意忘形　"引吭高歌"

杨武能著译文献馆（巴蜀译翁文献馆）开馆展。左一为四川大学文学院院长曹顺庆，左二为重庆市作协主席冉冉，左四为著名翻译家刘荣跃，左五为华裔德籍著名歌德研究家顾正祥

我2008年从川大退休旅居德国，2014年送重病的妻子回重庆就医；2015年，重庆图书馆成立了杨武能著译文献馆。三年后，我逮住建立成渝双城经济圈和巴蜀文旅走廊的机会，赶快将它正名为"巴蜀译翁文献馆"，以舒缓心中的伤痛！

据我所知还没有为一个"文化苦力"建有巴蜀译翁文献馆这般高规格、大体量的个人文献馆的先例。

重庆武隆的世界自然遗产地仙女山还建有一座巴蜀译翁亭，实属少见。

这一馆一亭的意义和未来，还活着的译翁本人不便说，也说不清楚，只感觉这是故乡对区区无尽的爱，厚重得不能承受的爱，所以，巴蜀译翁这个笔名对我之要紧、珍贵，胜过父亲按字辈给我取的本名！

再看巴蜀译翁亭的柱子上，有一副楹联：

上联　浮士德格林童话魔山　永远讲不完的故事

下联　翻译家歌德学者作家　一世书不尽的传奇

组成上联的是我四部代表译著的题名，下联是我的主要身份以及一生的重大建树。

戈宝权评郭沫若说：郭老即使只翻译了一部《浮士德》，就很了不起。巴蜀译翁成功译介的经典多得多！

说主要身份，意味着还有其他身份略而未表。说一说幸得冯至先生亲传的歌德学者吧，译翁是荣获国际歌德研究最高奖"歌德金质奖章"唯一中国学人，其他似乎不用再说。只有作家这个身份，译翁还须努力夯实它。

重庆武隆仙女山巴蜀译翁亭揭幕,出席仪式者除主持仪式的县委领导和川渝文化名流,还有来自德国、美国、澳大利亚、日本、马来西亚等国的华裔作家和文艺家。他们经由小女杨悦组织来世界自然遗产地武隆仙女山采风,其中不乏周励这样的大作家[①],却自谦为译翁的粉丝(张晓辉 摄)

译翁信心满满,只要坚守"生命在于创造,创造为了奉献"这个座右铭,一旦得到缪斯女神眷顾,诗的闸门就会大开。他有翻译家超强的笔力和得自书里书外的人生体验,可以讲的故事多着呢!仔细想想,真是每一部重要译著背后都有精彩故事呢,也就难怪李景端在提议凤凰卫视来专访我时讲:他的故事多!

"一世书不尽的传奇"?好大一个牛皮!

不是牛皮是事实!

---

① 代表作为《曼哈顿的中国女人》《亲吻世界——曼哈顿手记》。更令译翁钦佩的是,她还是一位极地旅行家,著有多部旅游探险记。

新中国成立前四川有句民谚:"养儿不用教,酉秀黔彭走一遭!"说的是四川这几个地方极度苦寒,娇生惯养的娃娃只要去那里走一走,看一看,就会知道生活艰难,不懂事的就会懂事。我祖父杨代金是彭水(现武隆)大娄山上的贫苦农民,他儿子我爸跑到重庆城当了电灯工人,他孙子我巴蜀译翁现如今成了享誉海内外的翻译家、学者、作家还有教授、博导、大学副校长,您说传奇不传奇?

若问哪个(怎么)会出现这样的传奇?回答:天时、地利、人和呗!

欲知究竟,劳驾到重庆沙坪坝凤天路106号,去逛逛重庆图书馆的巴蜀译翁文献馆。您一进文献馆大门,就会看见屏风上写着答案。

巴蜀译翁文献馆门厅处屏风

看样子传奇还不算完,尽管译翁已经八十有三。须知他的座右铭是"生命在于创造,创造为了奉献",在有生之年,他还要继续创造,继续奉献,也就是生命不息,奋斗不止!在光辉灿烂的新时代,译翁有一个梦:老头儿梦见自己"年富力强",变成了新的自己,正铆足劲儿,要创造一个个新的传奇……

民族复兴大业美好、光荣、伟大,本翁啷个能不参与,不投入其中呢?!

结语:没有共产党缔造新中国,就没有巴蜀译翁!没有父母养育、亲属支持①、师长教导、友朋帮衬、贵人提携,就没有巴蜀译翁!故而译翁在中国共产党成立100周年之际开始结集出版自己60余载心血的结晶《杨武能译德语文学经典》,把它献给我的人民、我的国家,把它献给我的亲戚朋友,献给我的母校育才、一中、俄专、南大、社科院研究生院,以及德国洪堡基金会(Alexander von Humboldt-Stiftung),献给我在中国和德国的老师、同学,最后,还献给支持、厚爱译翁的千万读者、粉丝,老的少的粉丝!

德国大文豪、大思想家歌德说:我们都是"集体性人物"!意即我们生命中包括父母、亲属、师长、同学、同事、同行的许许多多人有意无意地影响了我们,从正面或者反面帮助、促成我们的成长、发展,造就了我们,最终决定了我们成为什么样的人。不能不说明,写在纸上的都是美好、阳光、正面的人和事;

---

① 必须感谢我的家人,特别是我的妻子王荫祺。她与我志同道合、同甘共苦三十五载,精心养育两个女儿,多方面为我分劳分忧,不只生活中给我无微不至的照顾,还参与我多部作品的翻译工作。在《译翁情话》里,将对她述说很多很多。

可在现实生活中，译翁跟所有人一样也遭遇过阴暗和丑陋，但那些阴暗和丑陋也磨炼、激励了我，最终成就了我，同样是我的塑造者！

茫茫人海，天高地阔，万类霜天竞自由！少了哪一类都不行，少了哪一物种世界都不会如此多姿多彩，生活都不会如此美好、幸福，译翁都不会活得如此有滋有味！多谢啦，一切从正面或反面促成、造就我的人，译翁感激你们哟，爱你们哟！

2021年12月于山城重庆图书馆巴蜀译翁文献馆

目　录

代译序

　克莱斯特——德语文学史上一颗巨大明亮的彗星 …………1

智利地震………………………………………………………1
圣多明各的婚约………………………………………………19
义　　子………………………………………………………58
决　　斗………………………………………………………76
侯爵夫人封·O………………………………………………111

附录

　《智利地震》赏析……………………………………………155

代译序

克莱斯特
——德语文学史上一颗巨大明亮的彗星

德国文化思想史上著名的歌德时代,社会黑暗,政治腐败,唯独文艺的天幕上星汉灿烂,出现了一大批杰出的文学家、哲学家和音乐家,其中的歌德、席勒、康德、黑格尔和贝多芬等,都是长久光耀寰宇的恒星和巨星。与此同时,夜空中还不时划过一颗颗虽同样明亮却稍纵即逝的彗星,也即一些英年早逝的天才人物,例如与歌德同时代的文学家雅各布·M. R. 棱茨(Jakob Michael Reinhold Lenz, 1751—1792),稍晚一些的约翰·C. F. 荷尔德林(Johann Christian Friedrich Hölderlin, 1770—1843),以及本文着重介绍的贝恩德·海因里希·威廉·冯·克莱斯特(Bernd Heinrich Wilhelm von Kleist, 1777—1811)。兼为戏剧家和小说家的克莱斯特,确乎就是德语文学史上这样一颗巨大、明亮而引人注目的彗星。

克莱斯特出生在奥德河畔法兰克福的一个贵族和军人世家。时至18世纪末,这个家族已出了约20位将军,作家的父亲同样是一名普鲁士军官。克莱斯特生性敏感,天资聪颖,孩提时代便有着强烈的求知欲。11岁时父亲去世了,他便去柏林继续接受教育,在作为他监护人和教师的一位法国移民熏陶影响下,对文学产生了兴趣,为其后从事文学创作奠定了基础。

为继承父辈的军旅传统,克莱斯特15岁就被送进军校,编入驻扎在波茨坦的普鲁士近卫军团。一年后,他随军团参加了普鲁士勾结其他欧洲反动复辟势力干涉法国革命的战争。受贵族家庭的影响,作家本人的政治立场偏于保守,对拿破仑专政也没有好感。

1795年交战双方签订了《巴塞尔和约》,克莱斯特得以返回波茨坦,但内心中已对军旅生活感觉到厌烦,因而更加热衷音乐艺术,渴望学习知识;两年后虽正式当上军官,却更加厌恶军人的职业,一心盼望能成为一名传授知识的教员。克莱斯特终于在1800年脱掉军服,但对自己的未来仍举棋不定,尽管头脑里已朦朦胧胧闪现出当作家的想法。他先后尝试过攻读哲学、物理、数学和政治学,曾受康德批判哲学的影响。他原本希望通过学习不再是一个"愚昧无知的公子哥",但是很快失望了。随后三年他游览了德国、法国和瑞士的不少地方,结识了一大批作家、艺术家,并在他们的影响和鼓励下开始文学创作。然而作为最初尝试的悲剧《罗伯特·吉斯卡特》(*Robert Guis Kard*)离他的理想相距甚远,结果导致作家最初的精神危机,他不但将作品付之一炬,一时间甚至有了轻生的念头。加之这时家里停止了对他的经济接济,致使年轻的克莱斯特贫病交加，一筹莫展，不得不返回故乡谋求赖以糊口的公职。可是普鲁士官场的气氛和陋习令他感到极度的压抑和愤懑，他终于坚决辞职重操写作的旧业，完成了在回乡前已开始创作的悲剧《施洛芬斯坦一家》(Die Familie Schroffenstein) 和喜剧《破罐记》(Der Zerbrochne Krug) 以及中篇小说《米迦勒·寇哈斯》(Michael Kohlhaas) 等作品。

正是出于对社会政治现实的极度失望和愤懑不满，加之生活困窘，世态炎凉，出身没落贵族而生性敏感、孱弱的作家完全失去了生的勇气和乐趣，年轻的天才遂于1811年11月22日午后4时许，在柏林近郊的湾湖（Wansee）之滨一处幽暗的树林中，举起枪结束了自己的生命，死时年仅34岁。

即使从并未留下作品的1801年算起，克莱斯特断断续续的创作时间加起来充其量也不过十年，但他留下来8部戏剧，8个Novelle即中短篇小说，以及若干的逸事和散文作品。要说数量，他的这些作品也许并不惊人，但在德国文学史上的地位和影响却未可等闲视之，而且随着时间的推移，还越来越受到推崇和重视。

是的，在作家生前，克莱斯特的作品和他本人一样都遭到了冷落，剧本很少获得演出机会，即使演出也大多遭到失败。他作为文学家，几乎没有多少声誉可言，因此自然十分苦恼以至于轻生自杀。谁知他死后却声名鹊起，特别是到了20世纪，竟已被公认为德国最杰出的戏剧家之一。不说希特勒第三帝国出于政治需要对他大加歪曲利用，大捧特捧，反复上演他的《赫尔曼战役》

（*Die Hermannsschlacht*）①等几个被赋予了民族主义色彩的剧本，就连在20世纪60年代以来的法国舞台上，他的一些剧作也久演不衰，成了最受观众欢迎的德国剧作家之一。更有甚者，有些文学史家竟至认为，克莱斯特在德语文学史上的地位仅次于歌德、席勒。在中外古今的文学艺术史上，生前死后际遇判若两人者确乎屡见不鲜；对这一耐人寻味的文艺现象，如彗星一样掠过夜空的天才作家克莱斯特，算得上是一个显例。

除了戏剧创作取得的非凡成就，克莱斯特在德语Novelle即中短篇小说的发展史上也建树非凡。歌德可称是这一德语作家擅长的体裁样式的开创者，而通过克莱斯特以及与他差不多同时的E. T. A. 霍夫曼的创作，这一样式才得以成熟，才发展到了它的第一个高峰。因为在此之前，德语的中短篇小说强调的仅为故事情节新奇和出人意表，所产生的作品仅仅是一些所谓的事件小说、传奇故事（Ereignisnovelle）；到了克莱斯特及霍夫曼才开始重视主人公形象、性格乃至心理的塑造，于是发展和提高为有了典型人物和性格的小说（Charakternovelle）。

基于戏剧和小说两个方面的成就和建树，英年早逝的克莱斯特被视为德语文学的经典作家，可谓当之无愧。

---

① 《赫尔曼战役》写的是公元9年日耳曼部族在阿尔米尼乌斯（赫尔曼）率领下，在条顿森林中大败瓦鲁斯统率的罗马军团，赢得民族独立的故事。

*

这个选本收入克莱斯特中短篇小说中最富代表性和影响的五篇。它们不只具备情节生动曲折，富有传奇性、戏剧性和结局出人意表这样一些德语 Novelle 的共同特点，而且人物的个性和形象鲜明、突出，例如《侯爵夫人封·O》（*Die Marquise von O*）和《义子》（*Der Findling*）这两篇小说的主人公，其性格和形象都叫人难忘。加之作者亦即故事叙述者的语言异常地凝练、紧凑、有力，小说读来便格外引人入胜。

克莱斯特尤其擅长使用逻辑谨严、委婉、细密的长句和套句，其小说开头的一句话往往就在读者心中造成一个悬念，叫人欲罢不能，非一口气将其读完不可。随后情节的发展更是起伏跌宕，到了结尾却又会有一个出人意表乃至震撼人心的转折。《智利地震》（*Das Erdbeben in Chili*）和《侯爵夫人封·O》等，都很好体现了克莱斯特小说的这些风格特色，因而问世以来一直脍炙人口。

从内容上讲，这些小说尽管取材自不同的时代、地域和社会阶层，但都有一个共同的特点，就是全密切结合现实，都反映着作者生活的那个时代的迫切问题，富有现实批判精神，其批判的矛头则直指封建统治的支柱，即大贵族大地主和教会势力，而对后者的揭露、抨击尤其无情，尤其入木三分。在这方面，《智利地震》《米迦勒·寇哈斯》和《义子》都堪称杰作，并因此而成为德语Novelle，也就是中短篇小说的经典名篇。特别是其中的《智利地震》，更是一篇不可多得的、脍炙人口的杰作。

克莱斯特的两篇戏剧《破罐记》和《洪堡亲王》(Prinz Friedrich von Homburg)，一为喜剧，一为悲喜剧，尽管未收入本书，但也值得好好介绍一番。

关于《破罐记》产生的经过，克莱斯特写道："我创作此剧的动机，来自几年前在瑞士旅行时看到的一幅铜版画。画上首先引起我注意的是一位严肃地坐在裁判席上的法官，他面前则站着一个老妇人。老妇人手里捧着一只打破的罐子，看上去已对自己蒙受的损失进行过控诉；遭控告的是个年轻农民，法官正声色俱厉地申斥他，仿佛已经认定他有罪，他呢，却一副有口难辩的样子。画上还有一个出庭做证的姑娘……她站在母亲和未婚夫中间，双手搓弄着围裙，样子比任何一个做过假证的人还更加沮丧尴尬……原画题名为《法官，或名打破了的罐子》。"利用从这幅看似平常的画作获得的灵感，天才的剧作家克莱斯特凭借自己超凡的想象力以及丰富的生活阅历和感受，演绎出了与莱辛（Lessing, 1729—1781）的《明娜·封·巴尔海姆》(Minna von Barnhelm)和豪普特曼（Hauptmann, 1862—1946）的《海狸皮大衣》(Der Biberpelz)并称德国三大喜剧的《破罐记》。这部喜剧的情节和对话都令人忍俊不禁，结尾也如克莱斯特的中短篇小说一般出人意表，令人叫绝。

悲喜剧《洪堡亲王》的素材，取自普鲁士前身勃兰登堡历史上据说发生过的一个事件。相传在1675年的费尔贝林战役中，因患相思病而想入非非的洪堡亲王充耳不闻选帝侯的作战部署，战役开始后却自行其是，视情势需要提前向敌人发起了进攻，不想却歪打正着，无意之中为本军赢得了对瑞典人的辉煌胜利。尽管如此，他却因严重违反军纪而被送上了军事法庭，面临被处死的下场，于是便在维护军纪与赢得胜利孰轻孰重这个问题上产生了尖锐激烈的观念和意见分歧，戏剧冲突也由此展开。最后是主人公自愿接受死刑判决的"勇气"感动了选帝侯，使悲剧有了一个皆大欢喜的喜剧结尾。这样，剧本一开始虽说以事实对德国人一贯推崇的绝对服从提出了质疑，但最后仍委婉地肯定了这一"普鲁士传统"和"普鲁士精神"。

如果说，《破罐记》无情地鞭笞邪恶，伸张正义，与《米迦勒·寇哈斯》《智利地震》和《义子》等小说一样，都反映了法国大革命后的时代精神和克莱斯特本人思想进步的一面，那么，《洪堡亲王》的结尾如同《米迦勒·寇哈斯》的结局，也暴露了克莱斯特出身保守的贵族军官世家所难免的局限。

1801至1811年，克莱斯特从事创作的十年正是德国浪漫主义运动兴盛的时期。克莱斯特虽说身处远离浪漫派中心耶拿和海德堡的柏林，本人的创作也主要倾向于现实主义，但是仍难免受到浪漫主义思潮的影响，他的作品不管是小说还是戏剧，表现手法便都具有不少浪漫的色彩。

智利地震

一六四七年在智利王国的京城圣地亚哥,爆发了一次大地震,成千上万人不幸丧生。就在大地开始震动的一刹那,赫罗尼莫·鲁黑拉,一个被控犯了罪的西班牙青年,正好站在牢房的梁柱旁,打算悬梁自尽。他曾经受聘在城里最富有的贵族之一唐·恩里克·阿斯特隆家当家庭教师,大约一年前才被东家给辞退了,原因是他与东家唯一的女儿唐娜·荷赛发之间产生了爱情。在老贵族严厉告诫女儿、不准女儿与赫罗尼莫再有往来以后,他俩仍旧秘密约会,结果叫阿斯特隆骄傲的儿子给窥探出来,向父亲告发了他们。老头子大为震怒,一气之下把女儿送进了圣母山上的卡美尔派修道院。谁知赫罗尼莫却偶然逮着一个机会,与荷赛发重新接上了头,并且在一个幽静迷人的夜晚,把修道院的花园变成了他无比幸福的天堂。

这天是耶稣圣体节,嬷嬷们的游行刚刚开始,见习修女们走在队伍的最后边;然而就在圣钟齐鸣的当儿,不幸的荷赛发却发作了临产前的阵痛,一下子倒在教堂前的台阶上。这件事引起的震动真是非同小可,人们不顾她当时的处境,立即将这个年轻女罪人关进监狱,而且还不等她出月子就遵照大主教的谕旨对她进行了最严厉的审判。城里的市民谈起这件丑闻来更是义愤填膺,出事的修道院也成了众矢之的。这一来,阿斯特隆全家的请求也好,修道院女院长本人的希望也好——鉴于姑娘平素品行端正,院长对她很是喜欢,都无法减轻修道院的戒规将加在她身上的严厉惩罚。一切办法都想尽了,才不过在总督的干预下,把她原本判处的火刑改成了砍头,可这仍然使得圣地亚哥城中的太太小姐们十分气愤。在行刑的队伍预定经过的街道两旁,有的住户将自己的窗口出租,有的甚至揭掉了房盖;城里虔诚的姑娘们更向外地的女友发出邀请,要她们来亲亲热热地待在自己身旁,共同观看这出上帝给罪人以报应的活剧。

赫罗尼莫呢,这时也已经被投进狱中,一听那可怕的消息差点儿晕了过去。他企图逃跑没有成功。不管他如何绞尽脑汁,异想天开,他四处碰到的都是铁闩和墙壁;他想要锉断窗上的铁条却被发现,结果只使他遭到更严格的监禁。他在圣母马利亚的像前跪下来,无限虔诚地向她祈祷;在他看来,现在唯有圣母才能拯救他。然而可怕的日子终于来到,他胸中便对自己的处境完全丧失了希望。随着伴送荷赛发去刑场的钟声敲响,他的心也一下子缩紧了。活着似乎已经使他厌恶,他于是决定用一条偶然留给他的绳子,结束自己的生命。刚才讲过,他正站在墙面前的一根柱子旁,准备把这条将要帮助他逃离悲惨人世的绳子套到嵌在墙壁里的一根铁钩上去,突然间哗啦啦一阵巨响,犹如天塌了一般,大半座城市都陷进地下,所有的活物被废墟的瓦砾一股脑儿给埋葬了。

赫罗尼莫吓得目瞪口呆，仿佛整个意识都被粉碎了似的，眼下只知道抱住他刚才准备靠它寻死的柱子，免得身体栽倒。他脚下的大地摇来晃去，狱中的墙壁全部迸裂，整座建筑开始倾斜，向着街道方面倒去；只是亏了倒得不快，被对面的房屋倒下来支撑着，碰巧形成一条拱道，整个监狱才未被全部夷为平地。赫罗尼莫浑身颤抖，毛发直竖，两条腿再也支撑不住他的身体，便趴在已经倾斜的地板上，向着两幢建筑相撞时在监狱正面墙上撕开的一个大洞滚去。他刚到得外边，地又猛然一动，一整条本已被震得够呛的街道便完全坍塌了。他失魂落魄，不知该怎样逃脱这场浩劫，在死亡从四面八方袭来的情况下，他慌慌张张地翻过颓垣和断梁，向着最近的一道城门奔去。那儿正好也有一所楼房倒塌下来，砖石瓦块四处乱飞，把他赶进另一条街；这儿的房屋着了火，火舌舐着浓烟，从一面面山墙中蹿出来，吓得他踅进旁边一条街道。在那里，马波乔河水漫出了河床，奔腾咆哮着向他扑来，又把他赶到第三条街。这儿躺着一堆死尸，那儿还有一个声音在废墟底下呻吟；这儿有人趴在燃烧的房顶上狂呼乱叫，那儿的人和牲口正跟浪涛进行搏斗；这儿一位勇敢的人正在救援遇难者，那儿一个人面如死灰，冲着苍天伸出一双颤抖的手，不吱一声。赫罗尼莫终于到了城门口，他爬上城外的一座土坡，然后头一晕，便倒在了坡上。

他这么不省人事地躺了约莫一刻钟才苏醒转来，背冲着城市从地上半支起身体，用手摸了摸自己的额头和胸部，不知道在眼下的处境该怎么办才好；从海上送来的西风吹拂着他，使他精神重新振作起来，举目四望，只见圣地亚哥城郊一派欣欣向荣的景象，心中有说不出的喜悦。唯有到处可以看到的惊惶不安的人群，才使他的心里憋得慌。他不明白，是什么使他和他们来到了这里。直到他掉过头去看见城市已陷塌了以后，才回忆起自己经历过的那可怕的一瞬。他深深伏下身去，额头都碰到了土坡，感谢上帝奇迹般地拯救了他，仿佛最后那个可怕而深刻的印象，把他心中过去的一切全排挤掉了。他为能在这花团锦簇的世界里继续享受可爱的生活而高兴得哭泣起来。随后，他注意到自己手上的一只戒指，猛然想起了荷赛发，想起荷赛发便想起了他蹲过的监狱，他在狱中听见的钟声，以及监狱倒塌前的那一瞬间。这一来他的心胸又让深沉的忧郁给塞满了，悔不该祈祷上帝，仿佛这位坐在云端的万物的主宰在他看来也非常可怕。他混进从一道道城门涌出来的人流，看见人们全忙着抢救自己的财物。他鼓起勇气打听阿斯特隆女儿的下落，想了解她是否已经被处决，可谁也说不清楚。一个妇女肩上扛着沉重的家什，胸前吊着两个孩子，弯腰曲背地打他面前经过，一边走一边告诉他，她可是亲眼瞧见那女犯人被斩首啦。赫罗尼莫掉头走去。他计算一下时间，自己也不能再怀疑她已被处决的事实，便坐在一片孤寂的树林里，放声痛哭起来。他希望大自然的灾难最好能重新降临到他头上。他不理解，在他凄苦的心灵渴求着死亡的时刻，死神怎么反倒像从四面八方自动跑出来救他似的，使他得以逃生。他狠下决心，这会儿即使周围的橡树连根拔起，一起向他倒下来，他也绝不再动一动。后来,他哭够了,经过热泪的冲洗,心中重又萌生出希望,便爬起来,在田野上东西南北地乱走。每一个山包,只要有人聚集着,他都去看看;每一条道路,只要有逃难的人流涌过,他都去走走。只要哪儿看得见一条女人的裙子在风中飘动,他的腿便哆嗦着朝那儿移动,可是,哪儿都找不到阿斯特隆可爱的女儿。

太阳偏西了,他的希望也随之开始破灭;这时候,他已来到平原的边上,面前展开一道只有很少逃难者的宽大的山谷。他穿过三三两两的人群,不知道该干什么才好。他已经又准备走到另一边去,却突然在一眼灌溉谷地的山泉边,发现一个年轻女子,她正专心致志地在泉水中洗自己的小孩。一见此情景,他的心立刻雀跃起来。他充满幸福的预感,连跑带跳地翻过石堆,下到谷地,口中连连喊着:"啊,圣母!啊,仁慈的母亲!"那女人被响声惊得四下张望,他一看果然是荷赛发。这两个为老天的奇迹所拯救的不幸的人,是何等欣喜地拥抱在一起啊!原来荷赛发在走向死亡的途中,眼看就到刑场了,突然间房屋都轰隆隆倾塌下来,行刑的队伍整个给砸得七零八落。她一上来就胆战心惊地朝着最近一道城门奔去,但头脑很快清醒过来,想起她那可怜的儿子还留在修道院中,扭转身又朝修道院跑。她发现整个修道院已成为一片火海。女院长在眼看荷赛发快离开人世时答应过替她照看孩子,这当儿正站在大门外高声喊叫,要人去救她。荷赛发穿过滚滚而来的浓烟,冒着被四周已开始倾覆的房屋埋住的危险,勇敢无畏地冲进门去,好像得着所有的天使保佑似的,不多一会儿便抱着婴儿安然无恙地冲了出来。她正想投进用手抱着脑袋的女院长怀中,不料一道山墙砸下来,女院长和所有嬷嬷全都遭到了惨死。荷赛发给这可怖的景象吓得哆哆嗦嗦直往后退,随后她匆匆替女院长合上眼睛,仓皇逃去,一心只想从劫难中拯救出上帝重新赐给她的心肝宝贝。没走几步,她就碰见人们抬着大主教的尸体迎面而来。尸体刚刚才从大教堂的废墟下拖出,已经血肉模糊了。总督的宫殿也已倒塌,不久前判她死刑的法院正被熊熊烈火包围着,在曾经是她父亲的住宅的地方,如今已变成一片湖泊,湖面上冒起一缕缕淡红色的雾气。荷赛发鼓足全身力气坚持着,强压着内心的哀痛,怀抱着自己的宝贝,勇敢地走过了一条又一条街。眼看已到城门口,这时她又发现赫罗尼莫曾经在里面唉声叹气的监狱也一样变成了瓦砾。此情此景,使她再也站立不住,险些就晕倒在街角上。可就在这一刹那,她身后一幢被一震再震完全散架的楼房猛地坍塌下来,吓得她重新跳起。她吻了吻孩子,抹去眼角的泪水,不再管包围着自己的恐怖世界,径直奔出了城门。到了郊外,她立刻断定,并非每个曾经住在坍塌了的房子里的人都一定会被砸得粉身碎骨,于是站在前边的一个岔路口,静静等着,看看除去小菲利普外,她那个在世界上最亲爱的人是否还会出现。过了很久没等着,她只好往前走,走完一段,人更加拥挤,她转过身来又等。她流了许多眼泪,最后悄悄溜进一道松树荫蔽下的幽暗山谷,想要为她相信已经逝去的爱人的灵魂祈祷。谁想就在这儿,就在这伊甸园似的幸福的峡谷中,却找到了他,找到了她亲爱的人。现在,她满怀感慨地对赫罗尼莫讲述这一切,讲完后把孩子递给他,让他亲吻。

赫罗尼莫接过孩子来爱抚着,尝到了做父亲的难以言表的快乐。孩子看见这张陌生的面孔却哭闹起来,他就用没完没了的亲吻去让他闭住小嘴。不多时,无比美丽的夜幕降临了。这是一个充溢着奇妙温暖的芳馨的夜晚,一个洒满银辉的静谧迷人的夜晚。这样的夜晚,只有诗人才梦想得到。沿着谷中的流泉,到处都有人停下来,在皎洁的月光下用苔藓和树叶铺成松软的床铺,以便在终于熬过这苦难深重的一天以后得到安息。只是那些可怜的人仍然哭哭啼啼,这个哭他失去了自己的住宅,那个哭他失去了老婆孩子,另一个哭他失去了一切的一切。为了不让自己内心的欢欣增加任何人的愁苦,赫罗尼莫和荷赛发悄悄钻进一片稠密的小树林。在林中,他们找到一棵美丽的石榴树,它枝叶扶疏,鲜果累累,甜香扑鼻,还有一只夜莺在枝头唱着热烈的情歌。赫罗尼莫靠着树干坐下来,荷赛发坐在他怀里,小菲利普又坐在荷赛发怀里;三人就这么静静地坐着,用赫罗尼莫的大衣遮盖着身体。树影在他们身上慢慢移动,叶影里洒落着点点光斑,直到曙光就要来临,月亮的圆脸已显得苍白时,他俩才沉沉地睡去。他俩一个劲儿地讲啊,讲啊,讲修道院的花园,讲狱中的生活,讲彼此为对方所吃的苦。当他们想到世界不得不遭受这么多的劫难,才使得他俩得到了幸福,心中真是感慨万千!他们决定一等地震停止,便动身去康塞普西翁[①],荷赛发在那儿有一位好朋友,

---

[①] 圣地亚哥西南港口城市。

她希望从朋友手中借到一小笔款子，以便乘船前往西班牙。赫罗尼莫在西班牙有一些母亲那边的亲戚，他们决定在那里度过自己幸福的一生。他俩拿定主意以后，又接吻了许多次，然后才睡着了。

他们醒来时，太阳已经高高挂在空中。他们发现附近也有几家人，都在篝火旁忙着准备简单的早饭。赫罗尼莫正愁不知怎样去为他的妻子孩子弄到吃的，一位衣着讲究的青年男子怀里抱个婴儿，就来到了荷赛发跟前，谦逊地问她，她是否愿意喂这个小可怜虫一会儿奶。孩子的妈妈受了伤，正躺在那边树下起不来。荷赛发认出他是一个熟人，神色有些慌乱。对方理解错了，继续说："只需喂一会儿，唐娜·荷赛发。这孩子自大伙儿遭到不幸天灾的那一刻起，就什么也没吃过。"

荷赛发于是说道："我没有立即答应，唐·费尔南多，那是另有原因的。在这样可怕的时刻，谁也不会拒绝把自己所有的东西分给别人的。"说着便把自己的孩子递给父亲，接过人家的婴儿喂起来。

唐·费尔南多非常感激她的好意，便问他们是否愿意跟他一起到他家人那边去，那边眼下正在篝火上做着小小的早餐。荷赛发回答，她乐于接受这一邀请，赫罗尼莫也未表示任何异议，她便跟着费尔南多到他家属那儿去了。他的两位姨妹非常热情亲切地接待她，她也认识这两位令人尊敬的小姐。唐·费尔南多的妻子唐娜·艾尔维莱双脚受了重伤躺在地上，看见荷赛发正在给自己饿坏了的孩子喂奶，便亲热地拉她坐在自己身旁。还有，唐·费尔南多的岳父、肩膀受了伤的唐·佩德罗,也慈祥地冲着她点点头。

赫罗尼莫和荷赛发心中产生了一些异样的想法:现在这一家人这么亲切友好地对待自己,他们都不知道该怎样去理解刚刚过去的那一切——那刑场,那监狱,那钟声。难道他们只是做了一场噩梦吗?仿佛大家受到地震的可怕打击之后,所有人的心肠都变软了。他们回忆的思路就只能到此为止,再往前就什么都已淡忘。只有唐娜·伊莉莎白——昨天一位女友邀她去观看行刑的场面却被她给拒绝了,眼下还时不时地把她做梦似的目光停在荷赛发身上;只是每讲到一件令人毛骨悚然的新的不幸,她那刚刚才逃离现实的灵魂又被拉回到眼前的现实中。城里在发生第一次大震后突然满街都是女人,一个个竟当着男人们的面生小孩;教士们则擎着十字架在城里四处乱窜,口里高喊着:"世界末日到啦!世界末日到啦!"一队卫兵奉总督之命,要求空出一座教堂,有人却回答他们:智利已不再有什么总督!在恐怖大到极点的时刻,总督不得不下令竖起一些绞架,以制止趁火打劫的现象蔓延。结果,一个无辜的人为逃命而穿过一所正在燃烧的住宅的后院,就被房主不分青红皂白逮了起来,立刻套上了绞索。

荷赛发一直在调理唐娜·艾尔维莱的创伤。趁大家七嘴八舌讲得最热闹的当口,唐娜抓住机会问荷赛发,在可怕的那一天里她的遭遇怎样。荷赛发心情十分抑郁地给她讲了讲大致情形,欣慰地发现这位夫人已经热泪盈眶。唐娜·艾尔维莱抓过她的手去紧紧握着,示意她不要再讲下去。荷赛发感到自己是置身于一些善良的人中。她怎么也克制不了心里的这样一种感觉：已经逝去的一天尽管带给了世界许许多多苦难，但也赐予了世界一个老天从未赐予过的恩惠。可不是吗？当人类在尘世上的一切财富都归于毁灭，整个自然界都面临覆灭危险的恐怖时刻，人类的精神本身却像一朵美丽的鲜花，盛开怒放起来。在目力所及的一片片田野上，各阶层的人全混杂着躺在一起，王侯和乞丐，贵妇人和农家女，高官显宦和打零工的，修士和修女，全都互相同情，互相帮助，全都乐于把自己抢救出来的维持生命的东西分给他人，仿佛那一场浩劫把所有幸免于难的人全变成了一家人。现在人们已不像过去茶余饭后似的聊闲天，而是讲着种种英雄的事迹：一些过去在社会上受蔑视的人，如今表现出了罗马人一般的伟大；无私无畏，舍己救人，藐视危险，视死如归，仿佛把生命看得一钱不值，随时可以抛却，又随时可以再次得到，凡此种种，举不胜举。是的，没有谁在这一天没经历过一桩感人的事，没有谁自己没完成一件侠义行为。这样，人人心中都虽苦犹甜，谁都说不清楚，人类的幸福总起来看是增加的多呢，还是减少的多。

　　赫罗尼莫和荷赛发这么想啊，想啊，谁都不吭一声。最后他挽着她的胳膊，在石榴林的浓荫下来回踱步，心情真有说不出的愉快。他告诉她，在这人心善良、一切情况大为改观的情况下，他准备放弃登船去欧洲的决定了。他说，要是一直对他的事表现出善意的总督活着，他就将去跪在他面前要求他：他希望能和她一起——说到这儿他吻了她一下——留在智利。荷赛发回答，她心里也产生了同样的想法。她说只要父亲还在人世，她不怀疑他会原谅他们。不过她认为，与其去跪求总督，不如前往康塞普西翁，从康塞普西翁再向总督提出书面请求更好，因为在那儿无论如何离港口更近，要是情况非常好，出现了所希望的转变，再回圣地亚哥也挺容易。赫罗尼莫稍稍考虑一下，便同意她这个聪明的办法。他同她一边展望着美好的未来，一边继续在林间小道上漫步，又过了一会儿，才回到唐·费尔南多一家人那儿去。

很快到了下午。这时地震已经停止，聚集在野地里的一堆一堆的难民心情开始有些平静了，突然却传来消息说，城里唯一未遭地震破坏的圣多米尼克斯教堂将由教区主教亲自主持一次隆重的弥撒，祈求上帝不要再降给城市灾难。各处的难民已经纷纷动身，急急忙忙像潮水般涌进城里去。在唐·费尔南多的这群人里，也提出了是否应去赶这次盛典，以及要不要随着大流一块儿进城的问题。唐娜·伊莉莎白不无忧虑地提醒大家昨天教堂里还发生过多大的不幸，再说这样的感恩弥撒是要一再举行的，等以后危险完全没有了，不是可以更加高高兴兴、安安心心地去表示自己的感激吗。荷赛发却站起来，颇为激动地说，正是现在，当造物主如此显示了他那不可理解的崇高威力的时刻，她感到比任何时候都更加渴望跪倒在主的跟前，把脸埋进尘埃里。唐娜·艾尔维莱热烈支持荷赛发的意见，她坚持说应去赶弥撒，要求唐·费尔南多领着大伙动身。这样所有人都从地上站了起来，包括唐娜·伊莉莎白在内。可是伊莉莎白在准备动身时却显得犹豫迟疑，胸部喘得呼哧呼哧响；问她有什么不舒服，她回答说自己也不知道心中为什么总有一种不祥的预感。唐娜·艾尔维莱于是安慰她，要她和自己以及她们有病的父亲一块儿留下。

"那么请您替我照看一下这个小乖乖吧，唐娜·伊莉莎白，"荷赛发说，"您瞧他又黏住我了。"

"很乐意。"唐娜·伊莉莎白回答，说着就伸手去接孩子。可小家伙对母亲这么处置他却感到很委屈，大哭大叫，怎么哄骗也不成，荷赛发只好笑笑说，她还是带着孩子吧。说着她又亲吻孩子，使他重新安静下来。随后，唐·费尔南多便伸过胳膊来让荷赛发挽着，她端庄优雅的举止深得他的欢心；赫罗尼莫则抱着小菲利普，和唐娜·康斯坦莎做伴；人群中的其他成员跟在他们身后。一行人就以这样的格局，向城里走去。这期间，唐娜·伊莉莎白却激动地偷偷与唐娜·艾尔维莱讲着什么。一行人走出还不到50步远，她便在背后高声叫："唐·费尔南多！"同时慌慌张张追赶上来。唐·费尔南多停住脚，转过身，等着她走拢，而手臂仍然挽着荷赛发；可她呢，却远远地站住了，像是希望他迎上去似的，他只好问她干什么。这样，唐娜·伊莉莎白尽管显出不乐意的模样，仍走拢来，咬着他耳朵说了几句话，声音低得荷赛发根本听不清。

"还有呢？"唐·费尔南多问，"还有可能发生的不幸呢？"

唐娜·伊莉莎白惊惶得很，又凑近他耳朵窃窃私语。

唐·费尔南多的脸膛气得红了起来，回答说：

"好啦！唐娜·艾尔维莱可以放心！"说罢就带着荷赛发朝前走去。

当他们到达圣多米尼克斯教堂时，已经响起悦耳动听的管风琴声；只见教堂内人头攒动，信徒们挤得紧紧的，一直站到了大门外广场上很远的地方；一些男孩攀着高高的墙头和画架，手中攥着自己的帽子，眼里射出期待的光芒。所有的枝形吊灯都大放光明；在正好到来的薄暮中，一根根立柱投下了神秘的阴影；那朵用彩色玻璃嵌成的大蔷薇，在教堂顶端显得血红血红，就像正好照在它上面的夕阳。突然，管风琴声戛然而止，整个教堂顿时一片肃静，仿佛人人都变成哑巴了似的。从古至今，还没有哪座天主教堂像今天的圣多米尼克斯教堂这样对上帝燃起过如此虔诚的信仰之火。男女老少的胸中，谁也未发出过比赫罗尼莫和荷赛发更加炽热的信仰之火！

盛典以布道开头。修道院中年事最高的一位教士穿戴着辉煌耀眼的法衣，出现在布道坛上。他一上来就朝天高高举起宽大的袍袖笼着的双手，对上帝发出赞美和感谢，感谢上帝允许在这化为废墟的世界的一角，还有人能对着高坐云端的主吐露心曲。他描述着地震的惨状，说这都是按上帝的旨意发生的，末日审判不可能比这更可怕；随后，他指着教堂墙壁上裂开的一条大口子，称昨天的地震还仅仅是一个警告而已。听到这儿，与会的信徒们个个毛骨悚然，不寒而栗。接下来，他又以其教士的伶牙俐齿，滔滔不绝地数落起本城伤风败俗的事件来。他说即使是所多玛和蛾摩拉①，也不如圣地亚哥罪孽深重；它之所以没有完全被从地球

---

① 所多玛和蛾摩拉为《圣经》传说中的两座城市，因城中居民荒淫纵欲，伤风败俗，这两座城为上帝所毁。

上铲除掉,仅仅是因为上帝太耐心。听着这样的说教,我们那两个不幸的人儿心已完全碎了。谁料教士却抓住机会,不厌其详地讲起在卡美尔派修女院花园中所犯的那桩罪行,这无异于又给他俩心窝里猛地刺了一刀。教士说,世人却姑息养奸,背叛上帝。他指名道姓,对这两个伤风败俗的罪人连声诅咒,巴不得把他俩交给地狱中的大小魔王严加惩处!

听到这儿,唐娜·康斯坦莎失声叫出:"唐·费尔南多!"同时拽了拽赫罗尼莫的胳臂。费尔南多却回答:"别吱声,唐娜,也别东张西望,但可以假装晕倒的样子,这样我们就好离开。"他的语气坚定有力,又低得旁人听不见。

谁料,唐娜·康斯坦莎还没来得及实施这一条脱身的妙计,一条嗓子已经打断教士的讲道,大声地吼叫起来:"闪开!闪开!圣地亚哥的教友们,这两个亵渎上帝的罪人就在这儿呐!"

教堂中顿时一片骚动,另一条嗓子又怯生生地问:"在哪儿?在哪儿?"

"在这儿!"第三条嗓子回答。话音未落,答话者便满怀神圣的怨毒,一把抓住荷赛发的头发,拽得她和靠在她身上的唐·费尔南多的儿子一个踉跄。要不是费尔南多扶住他们,两人肯定已摔倒在地上。

"你们疯了不成?"年轻人大喝着,同时抡起胳臂在荷赛发四周乱打,"我是城防司令的儿子唐·费尔南多·奥尔默斯。你们不是全认识他吗?"

"唐·费尔南多·奥尔默斯?"一个鞋匠逼到他跟前来大声

问。他曾替荷赛发修过鞋，认识她至少如她那双小脚一样清楚。"那么谁又是这个孩子的父亲呢？"他放肆地把脸转向阿斯特隆的女儿。

这一问费尔南多的脸刷地白了。他一会儿羞愧地瞅瞅赫罗尼莫，一会儿扫视教堂中的教友，想知道是否有认识他的人。荷赛发又着急，又害怕，高声嚷道："这可不是我的孩子，佩德里洛师傅。"她同时胆战心惊地望着唐·费尔南多，说道："这位少爷是城防司令的公子，他父亲你们谁都认识的。"

鞋匠却问："我说乡亲们，你们有谁认识这小子？"

"谁认识赫罗尼莫·鲁黑拉？谁认识就请站出来！"旁边站着的几个人反复问。

不巧在这当口，被喧闹给吓怕的小胡安极力想从荷赛发怀里挣脱出来，让唐·费尔南多抱他。随之喊声四起：

"他就是老子！"一条嗓子喊。

"他就是赫罗尼莫·鲁黑拉！"另一条嗓子喊。

"他俩就是亵渎上帝的罪人！"第三条嗓子喊。

"用石头砸死他们！砸死他们！"教堂里的全体天主教徒一起吼起来。

这时赫罗尼莫却大喝一声："住手！你们这些没人性的畜生！你们找的赫罗尼莫·鲁黑拉在这儿呐！放开那个人，他是无辜的！"

愤怒的人群被赫罗尼莫的话弄得莫名其妙，愣住了，有好几只手放开了唐·费尔南多。而且就在这一时刻，又挤过乱糟糟的人群，赶来一位军阶相当高的海军军官，问："唐·费尔南多·奥尔默斯，您出了什么事？"

费尔南多已经完全被放开了，真正泰然自若地回答说："可不，唐·阿隆索，您瞧瞧这帮杀人凶手！要不是这位高贵的青年站出来承认自己是赫罗尼莫·鲁黑拉，平息了这帮家伙的怒气，我确实完蛋啦。行行好，为着他俩的安全，您把他和这位太太逮捕起来吧，还有这个无赖，"说着他一把抓住佩德里洛鞋匠，"整个骚乱全是他给煽动起来的！"

鞋匠大嚷大叫："唐·阿隆索·阿诺莱哈，我问您，您摸着良心说，这娘儿们是不是荷赛发·阿斯特隆？"

唐·阿隆索清清楚楚地认出那是荷赛发，迟疑着没有回答。这一下人们的怒火又熊熊燃烧起来，好几条嗓门同时喊道："就是她！就是她！"

"把她处死！处死这淫妇！"

这时，荷赛发便把一直由赫罗尼莫抱着的小菲利普接过来，连同小胡安一起交到唐·费尔南多手上，说："走吧，唐·费尔南多，救救您这两个孩子，您就让我们听天由命吧！"

费尔南多接过两个孩子，说他自己宁可丧命，也绝不肯让他的同伴受到任何伤害。他借来海军军官的佩剑，让荷赛发挽着自己的胳膊，要求落在后面的一对儿赶快跟上。看着这个架势，人们自然畏惧三分，便闪开道，让他们走出教堂；他们呢，也自以为已经得救了。谁知才刚刚走到同样也挤满教徒的广场上，跟踪他们的愤怒人群中就有一个声音叫起来："这就是赫罗尼莫·鲁黑拉，乡亲们，因为我就是他的亲生父亲！"

话音未了，走在唐娜·康斯坦莎身旁的赫罗尼莫已经被一大棒打倒在地。

"圣母马利亚！"唐娜·康斯坦莎一声惊叫，想逃到自己姐夫那儿去。

"你这修女院里的败类！"随着一声恶骂，飞来的第二棒就把她撂倒在赫罗尼莫旁边，没了气啦。

"作孽啊！"一个谁都不认识的人惊呼起来，"这可是唐娜·唐斯坦莎·哈莱斯呀！"

"谁叫他们骗咱们！"鞋匠回答，"快去找真正的荡妇，把她处死！"

费尔南多一见康斯坦莎的尸体，怒火中烧，拔出剑来，一阵乱砍乱杀，那个造成了这场惨剧的狂热杀人凶手要不是躲闪得快，逃过了愤怒的冲击，就准已给劈成两半。然而，费尔南多毕竟寡不敌众，人群渐渐逼近了他，这时荷赛发便喊道："您和孩子们多保重吧，唐·费尔南多！——来，来这儿杀我，你们这些嗜血的野兽！"说着她便冲进人群，以便结束战斗。

鞋匠佩德里洛一棒把她打翻在地，身上溅满了她的鲜血。

"叫那小杂种也跟她一块儿下地狱去！"他嚎叫着重新冲上来，越杀越来劲儿。

唐·费尔南多，这位高贵的英雄，这时背靠教堂的墙壁站着，左手抱着两个小孩，右手挥动宝剑，每一剑都像闪电似的砍翻一个对手，一头雄狮在自卫时也不会比他更勇猛。已经有七条嗜血的恶狗倒在他面前死掉,这帮魔鬼的头儿佩德里洛鞋匠自己也受了伤。可是他仍然不肯罢休,终于有一个孩子的腿被他拽住,从费尔南多的怀中拖出来,高高擎着在人头上挥舞了一圈,随即叭地一下摔死在教堂的柱头棱上。这以后广场上渐渐静了下来,教徒们纷纷离去。唐·费尔南多看着躺在面前的儿子的尸体,见他脑浆迸裂,惨不忍睹,便怀着无以名状的悲痛,抬头仰望苍穹。这当儿海军军官又出现在他身旁,极力安慰他,要他相信,他自己深感后悔,竟在惨剧发生时什么行动都没采取,尽管也有些客观原因。唐·费尔南多却对他说,他一点也不怪他,只求他现在帮助把尸体运走。于是,趁着已经降临的黑夜,死者全部被抬到了唐·阿隆索家中。费尔南多也跟随前往,途中在小菲利普的脸蛋上不知洒了多少热泪。他当晚睡在唐·阿隆索家,左思右想,不知道该以怎样的谎话去把这整个不幸告诉自己的爱妻。一则因为妻子有病,再则他还不清楚妻子将怎样看待他在这次事件中的行为。可是没过多少时候,他的妻子却从一个来访者口中偶然了解了全部经过,这位贤惠的妇人便偷偷大哭一场,以宣泄自己慈母的哀痛。可是第二天早晨,她就含着剩下的眼泪,一头扑到丈夫怀中,热烈地吻着他。随后,唐·费尔南多和唐娜·艾尔维莱将小菲利普收为养子,小菲利普呢,也深得双亲的欢心。有时唐·费尔南多禁不住把他与小胡安相比较,竟几乎感到高兴哩。

圣多明各①的婚约

19世纪初,当圣多明各的黑人大肆屠杀白人的时候,在这个岛法属部分的太子港,在纪尧姆·冯·维莱诺韦先生的庄园里,曾经生活过一个可怕的老黑人,名字叫孔果·胡安果。这个出生在非洲黄金海岸的黑人,年轻时看上去倒是忠心而善良的,曾在一次渡海去古巴时救过自己主人的命,主人因此加给了他数不尽的恩惠。纪尧姆先生不只当场赐予他人身自由,一回到圣多明各又拨了房屋和田地给他,过不几年甚至还一反岛上的惯例,擢升这个黑人充任他那巨大产业的总管。而且,由于他死了妻子又不肯再结婚,纪尧姆先生便让自己庄园里一个是他前妻远亲的、名叫芭贝康的混血老妇给他做填房。是的,当这个黑人满60岁的时候,纪尧姆先生就赐给他丰厚的年金,让他退休了,并且临了儿还恩上加恩,在生前立下的遗嘱中甚至赠给他一笔财产。然而主人种种报答他的表示,都没能够平息这个残暴的人的愤怒,使

---

① 圣多明各为海地岛的西班牙名称。1791年,岛上的黑人和混血种人起义反抗法国、西班牙和英国殖民者,1801年获得独立。

自己免遭不幸。在由于国民公会①的不慎而激起的那次席卷岛上所有庄园的报复狂潮中，孔果·胡安果是首先抓起枪来打穿自己主人脑袋的黑人中的一个，因为他仍忘不了白人强使他离开自己祖国的暴行。纪尧姆先生的太太带着三个孩子以及庄园里其余的白人逃进一所房屋，他便放火把那所房屋烧为灰烬，还毁坏了主人住在太子港的遗族可能承继的种植园，将附属的一切设施通通夷为平地，然后就带着他所召集和武装起来的黑人在附近一带游荡，以声援正在与白人进行战斗的同族兄弟。他时而偷偷伏击成群结队路过当地的武装白人，时而在光天化日之下向据守在自己宅子里的庄园主发动进攻，不论什么人，只要落在他手里，他准叫他不得好死。是的，他在自己失去人性的报复狂的驱使下，甚至要求他的老妻芭贝康领着自己15岁的女儿——一个名叫托妮的第二代混血姑娘也参加这场残酷的战争；至于他本人，在战争中更完全返老还童了似的。

话说他现在居住的那所庄园里的主要楼房，正好孤零零地坐落在大路边上。当他不在家时，常常有外来白人或土著白人在逃亡途中找上门，希望得到吃喝或是住处，因此，他吩咐母女俩要殷勤款待他们，稳住这些他所谓的"白狗子"，一直等到他回来。芭贝康年轻时受过一次残酷的惩罚，结果得了肺痨病。她在有白人上门时总是用最漂亮的衣服把托妮打扮起来，加之姑娘脸上的

---

① 指法国大革命后的政府。1802年拿破仑·波拿巴背弃给予海地独立的约言，妄图重建殖民统治，引起岛上有色居民再次起义。

肤色已近乎淡黄,就特别适合做诱饵。老婆子鼓励女儿大起胆子和陌生人亲热,只是不准她和人家干最后那件事,否则就要她的命。这样,等孔果·胡安果带着他的黑人队伍从附近什么地方一打完仗回来,那些被她们的花招给弄得晕头转向的可怜虫便注定一命呜呼。

谁都知道,当1803年德萨里纳斯将军率领三万黑人向太子港发起攻击的时候,全岛凡是白皮肤的人都赶来这里,参加保卫太子港的战斗。要知道它是法兰西军队在岛上的最后一个立足点,一旦陷落,岛上的白人通通都喊没救。事有凑巧,在一个黑沉沉的暴风雨之夜,正赶上老胡安果不在家里,率领着手下的黑人穿过法军的阵线给德萨里纳斯将军运送火药和铅丸去的时候,有人在他家的后门上砰砰砰敲打起来。这时老芭贝康已经上床,她听见敲门声便爬起来,仅仅用一件长袍围住下半身,就去推开窗户问:"外面是谁?"

"看在圣母马利亚和所有圣者分上,"陌生人一边轻声念叨,一边走到窗下,"请您先回答我一个问题,然后我才能告诉您!"来人说着就从黑暗中伸过手来抓老婆子的手,并且问:"您是一个黑人吧?"

芭贝康说:"喏,您显然是位白人,所以才害怕看见一个黑女人的面孔,而宁肯在漆黑的夜里赶路!请进来吧,"她接着说,"什么也不用怕,这儿住着一个穆拉廷(mulattin)①,除我以外整

---

① 混血女人。

幢房子里只有我的闺女,一个默斯迪泽(mestize)[①]!"说完她就关上窗户,装作要下楼去给他开门的样子,实际上却以未能马上找到钥匙为借口,从柜子里飞快找出几件衣服,带着它们偷偷溜进楼上的卧室,唤醒了自己的女儿。

"托妮!"她唤着,"托妮!"

"什么事,妈妈?"

"赶快!"她说,"快起来穿好衣服!裙子,还有白色的内衣和袜子,全都在这儿!门外站着个被追赶的白人,想叫我放他进来!"

"一个白人?"托妮一边从床上坐起,接过老婆子捧在手里的衣服,一边问,"他也是单独一个人吗,妈妈?要是我们放他进来,我们不怕吗?"

"别怕!什么也别怕!"老婆子点上灯,回答,"他没带武器,孤零零的一个人,倒害怕咱们会袭击他哩,浑身上下直哆嗦!"

说话间,托妮已经下床,正在穿裙子和长袜,她则点燃屋角的一盏大马灯,迅速按当地时兴的样式帮女儿把头发束在头顶上,替她扎紧胸衣,再戴上一顶帽子,然后就把马灯递给她,命令她下楼去放陌生人进来。

这当儿,由于场院里的几条狗蓦地狂吠起来,一个名叫南基的男孩也给惊醒了。他是胡安果和一个黑女人的私生子,和他

[①] 白人与印第安人所生之混血儿,故事中指的是白人与混血女人生的女儿。

的兄弟塞庇睡在院子旁边的另一座楼房中。借着明亮的月色,他一眼瞧见主楼背后的台阶上站着一个孤单单的男子,马上就按人家指示他的那样向着此人所穿过的院子的大门奔去,想要把它锁起来。陌生人被他这举动弄得摸不着头脑,近前一看才认出是个黑孩子,不禁大吃一惊,忙问他这儿住的是什么人,一听他回答"这个庄园在纪尧姆先生死后已经归黑人胡安果所有啦",立刻就准备扑向黑孩子,以便夺下他攥在手里的钥匙,打开大门逃出去。就在这个节骨眼儿上,托妮手里提着灯,从房里走出来了。

"快!"她抓住他的手朝房门拖去,说,"快进这屋里来!"说话时她有意擎起灯,使灯光刚好照在自己脸上。

"你是谁?"陌生人挣扎着大声问道,同时打量面前这个年轻可爱的女孩子,由于不只一个原因而惊得愣住了,"在这所你要我逃进去的房子里,究竟住着什么人啊!"

"什么人也没有,凭太阳光起誓,"姑娘回答,"就我妈妈和我!"说着又拼命要拖着他往里去。

"什么,谁也没有!"陌生人挣脱手,倒退一步,大声斥问,"刚刚这男孩不是告诉我说,这里边住着一个叫胡安果的黑人吗?"

"我可说,没有!"姑娘露出不高兴的样子,跺着脚回答,"就算这所房子属于一个叫这名字的恶棍吧,可他眼下不在里边,而是到几十里以外的地方去啦!"她一边说一边用双手拖着陌生人进了屋,命令男孩别告诉任何人有人来了,进门以后又牵着陌生人的一只手，领着他爬上楼梯，走进母亲房中。

"喏，"在窗口听清楼下的全部对话，并借着灯光认出来人是个军官的老婆子说，"您腰间这么挂着把随时准备拔出来杀人的剑是什么意思？"说着她在自己鼻梁上架了副眼镜："咱们冒着生命危险给您提供藏身之所，您一进来难道就要学您的同胞们的样子，以忘恩负义的行径来报答咱们的好心么？"

"上帝饶恕！"陌生人回答，走到老婆子坐的椅子跟前，抓起她的手来按在自己心口上，胆战心惊地在屋子里扫了几眼，然后才解下挂在腰间的剑，说道："您眼前见到的是一切人里最不幸的人，但绝不是个忘恩负义的坏蛋！"

"那您是什么人？"老婆子问，接着用脚推了一把椅子给他，并且打发女儿下厨去，在仓促中为他准备一顿尽可能好的晚饭。

陌生人回答道："我是法国军队里的一名军官，虽然您自己大概也看得出来，但我并非法国人；我的祖国是瑞士，我名叫古斯塔夫·冯·德尔·里德。唉，要是我永远不曾离开祖国，不曾跑到这个该死的岛上来有多好！我来自道芬要塞，您一定知道，那儿的白人全都给杀死了；我眼下想抢在德萨里纳斯将军用他的部队把太子港团团围住以前，赶到太子港去。"

"从道芬要塞来！"老太婆惊呼，"您一张这种颜色的脸孔，竟然能在一个燃烧着熊熊怒火的黑人的国家里，走完这么长一段路？"

"上帝和所有的圣者都保佑着我！"陌生人回道，"再说我也不是单独一个人，好妈妈；在我留在后边的旅伴中，有我舅舅一家——一位可敬的老人和他的妻子以及五个儿女,不用讲还有属于这个家庭的一些男仆女侍,一行总共12人。他们全都要由我带领着,在两头可怜巴巴的骡子的帮助下,赶到太子港去。白天我们不敢在大道上露面,只好夜里摸黑赶路,真说不出有多少辛苦。"

"呵,我的老天!"老太婆叫出来,一边同情地摇着脑袋,一边吸了吸鼻烟,"那么这会儿您的旅伴们又在哪儿呢?"

"对于您,"陌生人踌躇了一下,然后回答,"对于您我可以说实话,因为从您脸上的肤色中,投射出一线我的肤色的光泽。我舅舅一家在您知道的离此地一英里远的海鸥塘附近,在紧挨着山林的那片荒野里。饥渴迫使我们前天在那儿停下来。昨天夜里我们派用人去当地居民中间弄面包和酒,可是没成功;出于对被抓住和杀死的恐怖,他们不敢采取决定性的步骤,结果今天我自己只好冒着生命危险出来碰碰运气。要是我没有全部看错的话,老天把我领到一些富于同情心的人家里来了。"说着他握住老婆子的手,继续道:"这些人还不曾像岛上的所有居民一样,被那种残忍的、闻所未闻的愤怒给控制住。行行好吧,为我装几篮食物和饮料,我会给您丰厚的报酬的;我们离抵达太子港只剩下五天路程,你们要是给我们走到这座城市所需的食物,我们就将永远把你们看成自己的救命恩人。"

"是啊,这种疯狂的愤怒,"老婆子假惺惺地说,"这可不就像一个身体上的两只手,或者一张嘴里的许多牙齿,仅仅因为彼此长得不一样便互相斗气么?我的父亲来自古巴岛的圣地亚哥城。每当太阳升起，我这张在灯光下熠熠闪亮的脸孔就变得暗淡了，我能为此负什么责呢？我的女儿是在欧洲受孕和诞生的，那儿的阳光在她的脸上充分反映了出来，她又能对此负什么责呢？"

"怎么？"陌生人惊呼道，"看面孔，您完全是一个黑白混血女人，而且祖先来自非洲，您和那个领我进房里来的年轻可爱的默斯迪泽，你们怎么可能跟我们欧洲人遭到同样的厄运呢？"

"凭着老天起誓！"老婆子摘下鼻梁上的眼镜，回答说，"难道您认为，我们这点凭着自己双手的劳动辛辛苦苦地折腾许多年才挣来的产业，不会引起那班地狱里爬出来的魔鬼一样凶残的强盗的贪心么？我们全靠计谋和一个弱者可以用来自卫的全部伎俩，才使自己免遭他们的迫害；仅仅靠我们面孔上表现出来的一点点黑人的血统，您完全可以相信，是保护不了我们的！"

"这不可能！"陌生人高声说，"在这个岛屿上，有谁会迫害你们呢？"

"谁？这所房子的主人，黑人孔果·胡安果呗！"老婆子回答说，"在仇恨爆发时，这庄园从前的主人纪尧姆老爷便惨死在他手里，从此以后，我们这些替他管理家务的亲戚，便受到他的任意差遣和虐待。出于人道，我们常常给经过此地大路的这个那个白人逃亡者一块面包，一口酒；他呢，总不会忘记用谩骂和惩罚来和我们算清每一块面包和每一口酒的账；他最巴心不得的是煽起黑人对我们这些他所谓的白人狗杂种的仇恨，一方面因为我们指责过他对付白人的野蛮暴行，一方面因为他想攫取我们可能留下来的一点点财产。"

"你们这些不幸的人呵!"陌生人说,"你们也真叫可怜呀!但眼下那个恶棍在什么地方呢?"

"在德萨里纳斯将军的部队里,"老婆子回答,"他正带领着这庄园里的其他黑人,向德萨里纳斯将军运送他们需要的火药和铅丸。我们估计,他要是不再出去执行新的任务,在十或十二天后就会回来。到那时——但愿上帝保佑别出这样的事,他要是知道我们曾经为一个前去太子港的白人提供保护和避难所,而且恰恰是在他拼尽全力去参加战斗,以便要从这个岛上把所有白人通通消灭的时候,那我们大家——这您可以相信——就非死不可啦。"

"老天是仁慈和富于同情心的,"陌生人回答,"您救了一个不幸的人,老天同样会救您的!"他走到老太婆身边,继续说:"而且,这件事反正会叫黑人恼您啦,即便以后您愿意重新对他百依百顺,也不会有什么用处。您现在该狠下心来,给我舅舅和他全家也提供一个避难所了吧?他们走得实在太累,需要休息休息,只在您家里待一至两天,您要求得到什么报酬都成啊。"

"少爷!"老婆子吃惊地说,"您这是想啥呵!在这所紧靠大路边的房子里,怎么可能收留你们那一大队人,而不被本地居民发现呢?"

"怎么不可能?"陌生人急了,说,"我可以马上亲自去海鸥塘,天亮前就把大伙儿领到家里来呀;要是不管主人还是仆人,全体一股脑儿安排在一间屋子里,为了小心起见还把所有门窗都严严实实地关起来，不就什么也不怕了吗？"

老婆子把这个建议考虑了半晌，回答说："您要是今天夜里就去把大队人马从山坳里领出来，在返回的途中准保会碰上预先埋伏在大路边的黑人狙击手，狙击手马上又会唤来大队武装黑人。"

"好吧！"陌生人回答，"眼下咱们只能满足给那些不幸的人送一篮吃的去了，去领他们来的事只好推迟到明天夜里。这么办您觉得行吗，好妈妈？"

"喏，"老婆子那只瘦骨嶙峋的手被陌生人一个劲儿地吻着，回答道，"看在我女儿的父亲也是个欧洲人分上，我愿为他倒霉的同胞效这次劳。趁天亮之前您赶紧坐下来写封信，在信中要求您的旅伴们上我家里来。刚才您在院子里看见的那个男孩可以替您送信，顺便捎去一点口粮，并且为了他们的安全起见也留在山坳里。您的要求如果被接受了，他就充当他们的向导，在天亮之前把一行人领到我家里来。"

这当儿，托妮端着在厨房准备好的一份晚餐回到房中，一边摆到桌子上，一边瞟着陌生人打趣地问自己母亲：

"喏，怎么样，妈妈？这位先生已经不像进门之前似的胆战心惊了吧？他该相信，这屋里等着他的不是毒药和匕首，黑人胡安果不在家了吧？"

母亲叹了一口气，道："孩子，俗话说，被烧过的人总怕火嘛。这位先生要是还没弄清房子的主人属于哪个种族就闯进来，那也太冒失喽。"

姑娘站到母亲面前，对母亲讲她刚才是怎么高高地擎着灯，以便让光亮充分照在自己脸上。可是先生的脑子里只想着黑人和摩尔人，她继续说，就算为他开门的是一位巴黎或者马赛的太太，他也会把她当成个黑女人的。

陌生人将胳膊搭在姑娘肩上，尴尬地说，她戴的那顶帽子妨碍他看清她的脸。"那会儿我要能像现在这样看清你的眼睛，"他说着便把姑娘紧紧搂在胸前，"即使你整个身体都是黑的，我也愿与你共饮一杯毒酒。"

说完这句话，青年的脸红了。母亲强使他坐下去，姑娘随即也坐在他旁边，两手托着腮，望着开始吃饭的陌生男子的脸。青年问她：多大啦？故乡在什么地方？

她母亲抢过话头回答说，15年前，她是在陪自己前主人维莱诺韦老爷的太太去欧洲时怀了托妮和生下她的。她后来嫁给一个叫可玛尔的黑人，她继续说，虽然这个黑人把托妮当成亲生女儿一样，她的生父可仍然是一位有钱的马赛商人，姓白特朗特，所以她也就叫托妮·白特朗特。这时，托妮问青年，他是否认识在法国的这样一位先生？陌生人回答不认识，又说法国太大，他在乘船来西印度群岛途经法国时只做了短暂停留，不曾碰见任何姓这个姓的人。老婆子接过话茬说，据她得到的相当可靠的消息，这位白特朗特先生目前也已经离开法国啦。"他是个雄心勃勃的人，"她说，"不安于待在普通市民的活动圈子里，大革命爆发时便卷了进去，随后于1795年随一个法兰西使团被派到土耳其去了。据我所知，他目前还在那边没有回来。"

陌生青年拉住托妮的手，微笑着对她说，如此讲来她还是一位高贵而富有的小姐哩。他鼓励她去利用自己的优越条件，说她有希望在自己父亲的扶持下，重新过上比眼下更美好的日子。

"难啊！"老太婆强压着自己的感情接过去说，"我在巴黎怀孕期间，白特朗特先生害怕在自己准备娶的年轻有钱的未婚妻面前丢脸，便在法庭上公开否认自己是这孩子的父亲。他狠心地当着我的面发的伪誓，我一辈子也忘不了呵。结果我得了胆囊炎，随后维莱诺韦老爷又让人鞭打我60下，害得我闹下了直到今天还折磨着我的肺痨病。"

托妮若有所思地用手托着脑袋，问陌生青年是什么人，从哪儿来，到哪儿去。青年听过老婆子凄惨的叙述后感到有些难堪，定了定神后回答说，他跟着自己舅舅施特洛姆里一家从道芬要塞来，目前舅舅他们由两位年轻的表兄保护着留在后边海鸥塘附近的林子里。他应姑娘的请求，讲了一些道芬城里骚乱爆发时的情况，向她描述一个奸细如何在半夜里头趁大家都睡着的时候发出信号，黑人马上就开始大肆屠杀起白人来；讲了黑人的头儿如何奸刁，这个曾经在法国工兵团里当过中士的家伙立刻派人放火烧毁港口里的所有船只，切断白人逃回欧洲的去路；还讲了他们一家如何匆匆忙忙带上一些家私，勉勉强强逃出城来，在燃烧起黑人熊熊怒火的所有港口都找不到任何交通工具，仅弄来两匹骡子，靠着它们横穿全岛，向着如今还唯一由一支强大的法兰西部队驻守着、暂时能够抵抗占优势的黑人的太子港赶去。

托妮问："究竟是什么原因使那里的白人如此招人恨呢？"

陌生青年对这个问题似乎感到意外的样子，回答说："就因为白人作为岛上的主人，通常都对黑人采取了那种老实说我都不愿替它辩护的态度。只不过，几百年来就是如此啊。当对于自由的狂热席卷所有的种植园时，黑人和土著白人都纷纷起来打碎束缚他们的锁链，并为了白人中的害群之马对他们施加的各式各样的残酷虐待，对白人进行报复。特别是有一个年轻姑娘的做法，"他沉默了一会儿后往下说，"更是叫我惊讶和不寒而栗。骚乱爆发时，城里碰巧开始流行黄热病，真个叫祸不单行；我所讲的那个黑种姑娘也染病躺下了。三年前，她是一个白人种植园主的女奴，由于不肯顺遂主人的心愿，便遭到他狠毒的虐待，最后被转卖给了一个土著白人种植园主。在骚乱爆发那天，姑娘听见自己过去的主子，那位白人种植园主，在愤怒的黑人追赶下逃进附近的一间柴房里去了，于是心中怀着往日遭受虐待的旧仇，等天一晚就打发自己的弟弟去找那个白人，请他到她家里来过夜。那个倒霉的家伙，他全然不知道姑娘身患重病，只以为自己得救了，一进门就感激地把人家搂在自己怀里；可是等他在床上与她亲热温存还不到半个钟头，她突然一下子从床上爬起来，带着一脸的冷酷无情和愤怒，说道：'你已经吻过一个身患死症的病人，现在去吧，把黄热病传染给所有那些跟你一样的人吧！'"

老婆子大声地说出自己对于这种行为的反感，青年军官则问托妮，她是否也能够做这样的事。"不！"托妮回答，同时心慌意乱地低下头去。陌生青年一边叠桌上的罩布，一边表示，以他良心的感觉来进行判断，不管白人曾经多么残暴，这样一种卑劣的、可憎的背信弃义行为都是不应该的。他激动地站起来说,这样做叫复仇女神也会心灰意冷;而被激怒的天使本身,更会站到曾经做过错事的人一边,出来维护人和神的秩序。年轻人说着走到窗户跟前,望了望窗外的夜空,只见一堆堆乌云正汹涌着把月亮和星星遮盖起来。蓦地,他仿佛觉得母女俩正在相互注视,虽然一点没发现她们有打暗号的迹象。一种反感和疑心顿时攫住了他,他转过身来马上请求对方让他看看准备给他睡觉的房间。

母亲瞅瞅墙上的钟回答,时间确实也快半夜啦,于是掌起一盏灯,要求客人跟着她去。她领着他穿过一条长长的过道,走进为他预备的房间。托妮捧着客人的外套和另外几件东西;母亲指给他看一张用沙发垫子铺得舒舒服服的床,然后吩咐托妮为先生准备洗脚水,向他道过晚安,就走出去了。青年军官把宝剑倚在墙角,解下腰带上的两把手枪放在桌子上。趁托妮掀开床罩,给床上铺一条白毯子的片刻,他环视室内,从豪华雅致的陈设立刻推断出这一定是从前那位种植园主的卧室,心上顿时蒙上不安的阴影,真像来时一样如饥似渴地巴不得又回到密林中他的同胞们那儿去。这期间,姑娘已从旁边的厨房里端来一盆散发着药草香味儿的热水,要求把身子倚在窗台上的客人去洗洗脚。军官一边默不作声地解领带,脱背心,一边坐到椅子上;当他动手脱掉鞋袜时,姑娘正蹲在地上做这做那,他便禁不住观察起她那迷人的模样儿来。她黑色的鬈发蓬蓬松松的,在她蹲着时垂挂到了她青春的胸脯上;她红红的嘴唇,她荫蔽着低垂的双眼的长睫毛,都异常优美动人;要是她的肤色不令他反感,他真愿意起誓,他还从未见过比她更美的美人儿哩。而且，他还明显地感到她和谁有一些相像，但到底像谁他自己也说不清楚，只是一进门就发现了这点，并因此而非常喜欢她。她做完事站起来时，他抓住她的手，拉她坐在自己怀中，因为他非常确定，要看出这个姑娘是否有心肝，方法只有一个。他问她：是不是已经许给什么人啦？

"没有。"姑娘低声回答，羞涩可爱地垂下了她那双黑色的大眼睛。接着，她坐在他怀里一动不动，继续往下讲，邻居中有个叫柯纳利的年轻黑人，他三个月前就向她提过亲，可是被拒绝了，因为她还太年轻。客人双手搂着她窈窕的身体，告诉她，在他的祖国可是有一句口头语，叫作"姑娘十四岁零七礼拜，要想嫁人无阻碍"。托妮端详着他戴在胸前的一个小小的金十字架，他问她多大啦。

"十五岁。"托妮回答。

"可不是嘛！"客人说，"莫非他财产不够，不能像你希望的那样安家么？"

托妮没有抬起眼来看他，回答："呵不！——也许相反，"她放下捏在手里的十字架，说，"在最近的事情发生后，柯纳利可成了个阔人啦，从前属于庄园主的整个家产，现在都归了他父亲。"

"那么你干吗还拒绝他呢？"客人问，同时亲切地把她披在额头上的柔发挪开，"你大概不中意他，是吗？"

姑娘轻轻摇头，笑了起来。客人于是把嘴凑到她耳边，开玩笑地低声问：也许一定得是一个白人，才能讨得她的欢心吧？她一听，黝黑的脸庞立刻燃起一片令人陶醉的红云，做梦似的微微沉吟一下，就猛然把身子歪倒在青年的胸口上。青年被她的温柔可爱给打动了，唤她作他亲爱的姑娘，把她搂在自己怀中，一切疑虑都像乌云似的被上帝的手给一拨全散了。他不可能相信，他在她身上所看到的这令人感动的一切，都仅仅是一个冷酷的、可怕的诡计的伪装。种种曾经令他不安的思想，恰似一群惊弓之鸟，都全部从他脑子里飞走了。他责骂自己，竟然误解了她的心，虽然只有一会儿。他把她抱在膝头上轻轻摇动着，呼吸着她送上来的甜美气息，就像表示与她和解和求她原谅似的，在她额头上吻了一吻。可就在这当口，姑娘却奇怪地突然侧耳倾听，仿佛有什么人在过道里朝房门走来了，并且一下坐直身子，大梦初醒似的扯好滑下去的胸衣。直到弄清楚自己方才只是产生了一个错觉，她才又高高兴兴地回过脸来，提醒客人说，他要是不马上洗脚，水就快凉啦。

"怎么回事？"她发现客人一声不吭，沉思地瞅着她出神，便不好意思地问，"干吗盯着我瞧个没完？"她手里扯弄着围裙，竭力掩饰自己的尴尬心情，大笑道："先生您真叫奇怪，我脸上有什么值得您这么注意的么？"

年轻人用手摸摸额头，轻轻叹了口气，把姑娘从怀里推开，答道："你和她太像啦，我的一个女朋友！"

托妮显然发觉他的快活劲儿一下子没有了，便亲热而关切地拉住他的手，问："怎样的一个女朋友？"

青年在稍一沉吟后说："她名叫玛丽娅娜·贡格莱福，家住斯特拉斯堡。她父亲是那座城市里的一位商人,我在革命爆发前不久认识了她。我真是幸福极啦,得到了她的许诺,而且她母亲也同意。她可是天底下最忠心的女子呵。唉,当我望着你,我失去她时那可怕而动人的情景又历历如在目前,我难过得忍不住要掉眼泪啊。"

"怎么?"托妮真诚亲切地靠在他身上,问,"她已经不在了吗?"

"她死啦。"青年回答。"直到她死时,我才真正懂得了善良和高尚的含义是什么。上帝知道,"他沉痛地把头靠在姑娘肩上,继续讲,"我怎么竟会如此轻率鲁莽,竟在大庭广众之中议论起刚刚建立的可怕的革命法庭来。人家控告我,通缉我。是的,我侥幸逃出了城,在抓不到我的情况下,我的疯狂的迫害者必须找个替罪羊,就一起扑到我未婚妻家里去。她向他们保证,她确实不知道我的下落,使他们恼羞成怒。于是他们就以她和我串通一气为借口,把她拖上刑场代替我,这种轻率的做法真叫闻所未闻啊。一听到这个可怕的消息,我立刻从藏身之所跑出来,赶到刑场,扒开人群大声喊叫:'这儿,你们这些没人性的家伙,我在这儿呐!'她当时已经站在断头台上,那几个必定幸好不认识我的法官问她是不是我,只见她向我瞅了一眼——她那目光已永远铭刻在我心中,再也不会消失了呵,扭过头去说:'这个人我不认识!'紧接着鼓声齐鸣,那些等得不耐烦的嗜血的家伙也大嚷大叫,几秒钟后铡刀便落了下来,她的头颅于是和身体分开了。我是怎么得救的,我现在也不知道。一刻钟后,我躺在一个朋友家里，昏过去又醒来，醒来又昏过去，直到傍晚，才在半癫狂状态下给抬上一辆马车，送到莱茵河彼岸去了。"

说到此，客人便放开姑娘，走到窗前。姑娘呢，见他感情非常冲动地用手帕捂着脸，也顿生恻隐之心，人的感情便有些觉醒了。她跟着走过去，突然一下搂住青年的脖子，陪着他流起眼泪来。

接下去发生的事情，就用不着我们讲了，因为谁读到这儿，谁都自会明白。当青年军官重新冷静下来时，他也不知道自己干的好事会有什么结果。他只是意识到，他已经得救了，在他眼下待的这所房子里，他再不用害怕姑娘会对他干什么。这时候，他看见姑娘双臂抱在面前，趴在床上哭，便想方设法安慰她。他从脖子上取下小小的金十字架——他已故未婚妻忠诚的玛丽娅娜送给他的礼物，把它戴在姑娘脖子上，称这是他给她的订婚信物，一边说一边弯下身子对她百般爱抚。她却仍然哭得像个泪人儿似的，压根儿不听他的劝，他只好坐在床边，一会儿抚摸她的手，一会儿吻她，同时告诉她说，他明天早上就去向她妈妈提亲。他向她描述，他在阿尔河畔有怎样的一个小小的田庄，自由自在，无拘无束；有怎样的一幢住宅，舒舒服服，宽宽敞敞，足够她和她母亲住，如果她的年龄容许她旅行的话；此外还有田地、果园、牧场、葡萄山，以及一位令人尊敬的老父亲，他会充满感激和慈爱地欢迎她，因为她救了他儿子的命。由于姑娘的眼泪仍然不住地滴到枕头上，他便抱住她，自己也十分激动地问他在什么地方伤了她的心。她还能不能原谅他呢？他向她起誓，他对她的爱永远不会从心中消失；他刚才只是在一时迷乱中，在她使他产生的恐惧与好奇的共同诱惑下，才做了那件事。末了，他提醒她说，启明星已经在天边闪亮，她母亲就要来了，她如果继续待在床上，就会被当场抓住的。为了她的健康，他要求她起来，回到自己床上去再睡几个钟头。他为她的情况真是担心得要命，问她是不是要他把她抱起来，送她回自己卧室去。可姑娘对他所讲的一切都毫无反应，身子趴在床上一动不动，只是把脑袋埋在胳膊中嘤嘤啜泣。这样，当曙光明亮地射进两扇窗户时，他别无他法，只好不管她愿不愿意就从床上抱起她，像个口袋似的把她扛在肩上，爬上楼梯，走进她的房间，把她放到床上。他一边对她百般爱抚，一边重复着所有刚才已经说过的话，再一次唤她作他亲爱的未婚妻，亲了亲她的脸颊，然后才急急忙忙地奔回自己房间。

　　天一大亮，老芭贝康就上楼来找女儿，坐到女儿床边上，对她透露自己准备如何处置她们的客人以及客人那些旅伴的计划。她说，黑人孔果·胡安果要两天后才回来，因此得想一切办法在这段时间里把客人留在家中，但又不能让他舅舅一家住进来。他们人太多，住进来很危险。为此，她说她想好了一条妙计，就是骗客人说，刚才接到消息，德萨里纳斯将军带着自己的队伍就要转移到此地来了，只有等他过去以后，才有可能按照客人的愿望，去把他舅舅全家接到家里来，否则危险就太大啦。为了不让那一家人走，她决定在此期间供给他们伙食，让他们始终存着幻想，以为在我们这所房子里能够藏身，这样，将来就更好收拾他们。她提醒说，此事挺重要，因为这一家显然随身带着不少财宝。她要求女儿尽全力帮助她实现刚才讲的这个计划。托妮从床上撑起身来，因生气脸颊刷地一下红了，答道，这样把人家引诱到家里来，又不把人家当客款待，是卑劣可耻的。她认为，一个信赖她们、希望得到她们保护的受迫害者，在她们家中更应该加倍安全才是；她声言，老婆子要是不取消刚才对她讲的那个血腥的阴谋，她立刻就去告诉客人，让他知道他自以为在里边可以得救的这所房子，是怎样的一座杀人魔窟。

"托妮！"老婆子大喝一声，两手叉腰，眼睛张得大大的，瞪着女儿。

"就这样！"托妮回答，但压低了嗓音，"这个青年生来连法国人都不是，我们明明看见他是个瑞士人，人家又做过什么伤害咱们的事，咱们硬要像强盗似的害他、杀他、抢他呢？这儿的白人庄园主作的恶，跟从另一个地区来的他，又有啥相干呢？相反，一切情况都表明，他是一个非常高尚、非常善良的人，显然不曾参与过黑人指控他的同胞们干的任何坏事。"

老婆子打量着一反常态的女儿，嘴唇颤抖地嘀咕说，她深感惊讶。她诘问道，前不久被人用大棒打死在大门口的那个葡萄牙青年，他有什么错呢？还有三周前让黑人的子弹给撂倒在院子里的两个荷兰人，他们又犯过什么罪呢？她要女儿回答，自骚乱发生以来，人们用枪、矛、匕首在这所房子里结果的三个法国人以及另外许多个逃亡者，他们可受到过什么指控吗？

"老天在上，"女儿发疯似的一下从床上跳下来，说，"你大错特错了，你竟让我去想这些可怕的暴行！那些你们强迫我参与过的没人性的事，早已使我内心十分反感；为了减轻上帝因此将给我的报应，我现在发誓，我宁肯自己死上十次，也绝不允许在这个年轻人留在咱们家期间哪怕只动他一根汗毛。"

"那好，"老婆子突然显出准备让步的样子说，"那就让这个白人走吧！"她一边站起身准备出房去，一边往下讲："不过，孔果·胡安果回来知道了有个白人曾经在家里过过夜，你出于同情却不顾一切地放他走了，胡安果会找你算账的。"

这一段话尽管说得好像很和缓，隐隐地却仍透露出老婆子内心的怨毒，托妮听后呆若木鸡，一个人留在房里。她了解母亲对白人的仇恨，不相信她会白白把这个报仇的机会放过去。她怕她马上派人去附近种植园搬黑人来收拾年轻人，便穿上衣服跟着追到楼下。她进房时，正在食橱跟前似乎做着什么的老婆子便慌里慌张地走开了；她坐到纺杆前，脸正对着房门，房门上恰好贴着一张训词，告诫一切黑人不得收容和保护白人，违者处死；她仿佛认识了自己的过失，大为惊恐，猛地转过身来，一下扑到她明知在背后观察着她的母亲脚下。她抱住母亲的膝头，求母亲宽恕她刚才为年轻人求情所讲的那些疯话。她辩解说，母亲来告诉收拾白人的办法时，她还躺在床上，懵懵懂懂，似醒非醒，所以一下子给吓傻啦。她说，既然此地的法律规定了要他死，她就一定要叫他受这报应，丝毫也不宽容。

老婆子目不转睛地端详了女儿半天，然后说："老天有眼，你这一讲总算救了他今天的命！你刚才要保护他，所以给他吃的东西已下了毒。这样就可以按照胡安果的命令，至少把尸首交给他处置。"说着她就站起身，把搁在桌子上的一钵牛奶泼出窗外。托妮吓得几乎不敢相信自己的眼睛，呆呆盯着母亲出神。

老婆子扶起仍然跪在地上的女儿，重新坐下来，问道是什么东西使她一夜之间就改变了想法。她昨晚送去洗脚水以后，是否还和年轻人一块儿待了很久？她和客人是不是谈了很多话？托妮的胸部剧烈起伏着，要么避而不答，要么支吾其词。她垂着眼睑，手抱着脑袋站在那儿，说是做过一个梦。她一边迅速俯下身去吻母亲的手，一边说，她只要看上自己可怜的母亲的胸部一眼，立刻又会想起白人惨无人道的全部罪恶，而楼上那个青年也是个白人。她保证——说这话时她转过身去，用围裙捂住了脸——一当孔果·胡安果回来，她就会让她看见她这个女儿怎么样。

芭贝康还坐在那儿冥思苦索，想弄清姑娘怎么会异常激动，这时年轻人已捏着一张在卧室里写好的字条走进房来。他要捎字条去邀请舅舅全家来黑人胡安果的庄园里住几天。他快快活活地向母女俩问了好，把字条递给老婆子，请她马上派人到林子里去，并且像答应他那样给他们以关照。芭贝康站起来，做出一副惊慌的样子，把字条扔进壁橱，说："先生，我必须请您立刻回房间去。满街都是一小股一小股的武装黑人，他们从此地经过，告诉我们说，德萨里纳斯将军率领着部队就要开过来啦。您要不藏在自己临着院子的房间里，把门和百叶窗都紧紧关起来的话，这所谁都可以进来的房子就对您太不安全了。"

"什么？"年轻人愕然地问，"德萨里纳斯……？"

"别问啦！"老婆子打断他，用手杖冲地板一连戳了三下，"回您的卧室去，到那儿我再告诉您。"

年轻人战战兢兢，被老太婆推出房间，到了门口又转过身来大声说："至少得给等着我的那家人送个信去吧，告诉他们……"

"一切都会照办。"老婆子又抢过话头，同时用手杖敲了敲门，召来那个我们已在院子里见过的小混血儿，并且吩咐背冲着年轻人走到镜子前去的托妮，要她提上蹲在屋角里的装着食物的篮子。随后母女二人，还有青年和男孩，都一起来到楼上的卧室里。

进屋后老婆子先舒舒服服地在一把安乐椅中坐下来，随即告诉年轻人，她昨晚整宿都看见对面横着的山梁上火光闪动，那无疑是德萨里纳斯将军的部队，虽然眼下本地还看不到他正沿西南方向朝着太子港挺进的部队里的任何一个黑人。这么一讲，她果真把年轻人搞得惶惶不安，但她随即又向他保证，即使在部队进驻她家的最糟糕的情况下，她也要尽全力搭救他，这才把他的心稳住了。年轻人一再提出，在这种情况下至少也得给他舅舅一家送些吃的去吧。老婆子这才接过女儿手中的篮子，把它递给男孩，吩咐男孩到海鸥塘附近的林子里去，把篮子交给这位白人军官在那儿的家属。她还要男孩告诉他们，军官在这儿很好，一些白人的朋友在自己家里殷勤地款待他。这些人由于所持的立场，本身也吃过黑人不少苦头。老婆子最后讲，一当大路上不再有即将开过的黑人队伍了，她便马上安排，把他们全家也接过来住。

"明白了吗？"她临了这样问道。

男孩一边把篮子顶到脑袋上,一边回答,她说的海鸥塘他很熟悉,因为他经常和同伴一块儿在那儿钓鱼来着;他一定把她吩咐自己的话全部转告给在那儿过夜的军官先生的家里人。老婆子问青年是否还有什么补充,青年便从手上捋下一枚戒指来递给男孩,让他交给那一家的家长施特洛姆里舅舅,作为他带去的消息确实可信的证明。接下来,老婆子又自称为确保客人的安全而采取了种种措施:她吩咐托妮关上百叶窗,使得房间里一下子暗如黑夜;自己却摸到壁炉边,拿起炉台上的打火器折腾了老半天才好不容易引燃火绒,点起一盏灯来。年轻人趁这空子用胳膊轻轻搂住托妮的腰,凑近她耳朵低声问:她睡得怎么样?是不是要他把夜里发生的事情告诉母亲?然而托妮对第一个问题没有回答,一边从他的臂弯中挣脱出来,一边却回答他第二个问题道:"不,您要是爱我,就啥也别说!"

她极力克制住所有那些骗人的鬼花招在她心中引起的恐惧,以替客人做早饭为借口,一溜烟地跑到楼下起居室里去了。

她从母亲的壁橱里找出年轻人写的那封信,他在信上天真地请求舅舅一家都跟着男孩到庄园里来。随后,她冒着母亲可能发现信丢失的危险,下定大不了和他一块儿去死的决心,飞跑着追赶已经上了大路的男孩。要知道,凭着上帝和良心起誓,她如今已不再把青年仅仅看成是个靠她庇护的客人,而是看成了自己的爱人和丈夫。她准备一等他在这所房子里人多势众了,便把一切都告诉母亲,不管她会多么惊愕。

"南基,"她在大路上赶上男孩,气喘吁吁、迫不及待地对他说，"妈妈把处置施特洛姆里先生一家的计划改变了。拿上这封信！是写给那一家的老头子施特洛姆里先生的，邀请他们全体到我们庄园里来住几天。放机灵点儿，尽自己一切可能使这个计划实现；孔果·胡安果回来会重重赏你的！"

"好的，好的，托妮姐姐。"男孩回答。他把信小心翼翼地塞进口袋里，问："他们上这儿来的时候，要我给他们领路吗？"

"这还用说，"托妮回答，"自然要的，他们对这个地区不熟嘛。只是在午夜到来之前你不能领他们走，免得碰上大路上可能开过的部队；一动身就要尽量快，以便拂晓前赶到这儿。你是靠得住的，对吧？"

"您相信南基好啦！"男孩回答，"我明白你们干吗把这些逃命的白人勾引到庄园里去，黑人胡安果一定会对我满意的！"

随后，托妮给客人送去早餐。等饭后收拾好桌子，母女俩又回到楼下的起居室做家务。过了没多久，老婆子免不了再去开壁橱，自然就发现信没有了。她不相信自己的记忆力，用手摸着脑袋想了一会儿，然后问托妮，她把年轻人交给她的那封信放到哪儿去了。托妮眼睛瞅着地板，过了一会儿才回答，她记得年轻人把信又塞进口袋，上楼以后当着她俩的面给撕掉啦！母亲瞪大两眼瞧着女儿，她觉得自己没有记错，信是被她接过来扔到了壁橱中的。可是，她找来找去还是不见信的影儿，一想过去也有不少次类似情况，便又怀疑起自己的记性来。最后，她别无办法，只好相信女儿的话。然而一整天，她都因为这件事不痛快极了，认为这封信对于孔果·胡安果来说将是很重要的，他可以用它去把那一家人骗到庄园里来呀。当托妮侍候客人吃午饭和晚饭的时候，她都坐在桌子角上陪客人聊天，一有机会就问起他那信的事。可是托妮却够机灵的，一当谈话接近这个危险点，就总有办法岔开话头，或者把水搅浑，使得母亲从客人的言谈中仍然听不出个眉目，不清楚信的命运到底如何。白昼过去了，晚饭后老婆子就把年轻人锁在他房里，说是为了小心起见。她自己则和托妮一起又动了半晌脑筋，看用什么计策在第二天重新弄到那样一封信，随后便休息去了，临走吩咐托妮也马上上床睡觉去。

这真是托妮巴不得的时刻。一当她走回自己房间，确信她的母亲已经睡着了，便把挂在自己床头的童贞圣母像摘下来立在一把圈椅里，双手合十，在像前跪下。她无限虔诚地祈祷着，恳求她的圣子救主耶稣使她勇敢坚定，去向她已经以身相许的青年坦白交代那种种压抑着她年轻的心胸的罪行。她发誓向他毫不隐瞒地承认一切，包括昨天诱骗他进这所房子里来的可恶又可怕的意图，不管这会多么伤他的心。不过想到她已采取的搭救他的步骤，她希望他能原谅她，并且把她当作自己忠诚的妻子带回欧洲。这么一祷告她就获得了奇妙的力量，站起身来取出那把能开家里所有房间的总钥匙，慢慢摸黑穿过把房子从中间分开的长长的走廊，来到年轻人卧室前。她轻轻打开房门，走到青年沉沉酣睡着的床边。月光刚好照着他青春焕发的脸庞，从敞开的窗户吹进来的夜风正抚弄着他的头发。她慢慢向他俯下身去，一边吸着他呼出的甜美气息，一边呼唤着他的名字。然而他在做着一个甜蜜的梦，所梦见的似乎正是她自己，因为她至少听见从他那灼热的、颤动的嘴唇间，一次又一次发出轻轻的呼唤："托妮！托妮！"一股难以形容的凄怆之情在她心中油然生起，她怎么也狠不下心把他从迷人的梦的天堂里拉下来，让他堕入庸俗的、悲惨的现实的深渊。她确信，他迟早都一定会自行醒来，便跪倒在他床前，把他高贵的手吻了又吻。

可是谁能说出她不多一会儿以后又有多么惊恐呵。她突然听见院子里人声杂沓，马蹄蹴地，兵器碰响，其中她还清清楚楚辨出了黑人孔果·胡安果的声音。看来他是出其不意地带着自己的人马，从德萨里纳斯将军的驻地回来了。托妮小心地避开可能暴露她身形的月光，奔到窗帘背后，听见母亲已迫不及待地向老黑人报告这期间发生的事情，其中也包括家中来了个不速之客。老黑人命令手下在院子里保持安静。他问老婆子，这不速之客现在何处。老婆子给他指了指楼上的房间，随即又赶紧把自己为这个白人逃亡者与女儿进行的那次奇怪而令人生疑的谈话告诉了他。老婆子要丈夫相信，姑娘是个叛徒，收拾白人逃亡者的整个计谋已面临着失败的危险。至少这鬼丫头在入夜时偷偷溜到他床上去了，在那儿悄悄地一直待到这时候。她说：可以肯定，白人现在要是还没有逃走，那也一定得到她的警告，正和她商量如何逃走的办法呐。老黑人已在类似的情况下对女儿的忠诚进行过考验，回答说，这大概不可能吧？但他同时却怒喝道："基利！奥姆拉！带上你们的家伙！"随后就一言不发，在所有他那些黑人的簇拥下，登上楼梯，朝着年轻人的卧室走去。

在短短几分钟时间内，托妮目睹了整个这一幕，好像就给雷击了似的，站在窗前四肢都已瘫痪。一刹那间，她起了叫醒年轻人的念头，可继而一想，院子已被黑人占据，他想逃走是不可能的了。她能预见，在黑人人多势众的情况下，他拿起武器抵抗肯定马上会被结果掉的。是的，还有她不能不顾虑到的最可怕的事情：这个不幸的人此刻突然发现她在他床前，很可能把她本身当成一个叛徒，不但不听她的忠告，绝望之中甚至还会神经错乱，昏头昏脑地撞到黑人胡安果的手里去。她正这么被难以形容的恐怖折磨着，一条天知道怎么会偶然挂在墙头横木上的绳子落到了她眼里。她灵机一动，扯下绳子，心想这是上帝送来救她和她爱人的啊。她用绳子把青年的手脚都捆绑起来，牢牢实实地打了许多结，不顾他的挣扎和滚动，收紧绳头，死死地拴在床架上；做完这一切，她对自己手脚的利索很是高兴，在青年的嘴上重重地吻了一下，就迎着已经噔噔噔走在楼梯上的胡安果奔去。

胡安果一直不肯相信老婆子对他讲的关于托妮的话，这当口见她果真从年轻人的卧室中跑出来，吃惊得和他打着火把、提着枪矛的手下们一起全在走廊上呆住了。

"叛徒！奸细！"他怒吼道，随即转过脸去问三步并作两步抢先赶到年轻人卧室门前去的芭贝康："白人逃走了吗？"

芭贝康瞧也没瞧房里，发现房门洞开着就跑回来发疯似的大骂："骗子！她放他跑啦！快，守住所有出口，别让他跑到野外去！"

"怎么啦？"托妮现出惊讶的神气，望着老胡安果和其他包围着自己的黑人问。

"怎么啦？"胡安果学着她的口气，一把抓住她的胸衣，拖着她朝年轻人的卧室就走。

"你们疯了不成？"托妮喊叫着，把那个被她的表现弄得呆住了的胡安果推开，说，"白人不是躺在那儿吗？被我捆在床上了；老天做证，这可不是我一生中干的最坏的事呵！"说着便扭转身，一下子坐在桌子旁边，仿佛哭了起来。

老黑人掉过脸来瞅了瞅莫名其妙地站在一旁的母亲，说："呵，芭贝康，瞧你对我胡诌些什么？"

"谢天谢地！"芭贝康一边检查捆绑年轻人的绳子，一边尴尬地回答，"白人总算在这儿，尽管我一点儿不明白是怎么回事。"

老黑人一边把剑插回鞘中，一边来到床前问年轻人是谁，从何处来，到何处去。可年轻人拼命地挣扎着，不回答一个字，只是惨痛地呼叫着："呵，托妮！呵，托妮？"

芭贝康于是代替他回答丈夫，他是一个瑞士人，名叫古斯塔夫·冯·德尔·里德，跟着一家欧洲人从道芬要塞来。眼下这些狗东西还藏在海鸥塘附近的山坳里。胡安果看见姑娘伤心地手撑着脑袋坐在那儿，便走过去，叫她好女儿，还用手拍拍她的脸，请求她原谅自己操之过急，错怪了她。老婆子这时也走到姑娘跟前，双手叉腰，摇着脑袋问道，既然年轻人对自己所处的危险毫无所知，干吗要用绳子把他捆在床上呢？

托妮又生气又心疼，真的痛哭起来，猛地扭过头来回答母亲说："因为你又瞎又聋！因为他对自己的危险处境了解得太清楚！因为他想逃走，并求过我帮助他逃走！因为他想好了一个要你自己老命的阴谋诡计，如果不趁他熟睡时把他捆起来，他这阴谋无疑会实现！"

老头子抚爱和安慰姑娘，命令芭贝康不要再提这件事。他叫来几名带枪的士兵，要他们按照当地法律马上处决那个白人青年，可是芭贝康却偷偷凑到他耳朵边上去说："快别这样，胡安果，看在老天分上！"然后她把他拽到一边，对他解释道："必须让这个白人在被处决前写封邀请信，用这封信好去把那一家人骗到庄园里来，不然在林子里收拾他们会冒很大风险。"考虑到那些人显然不会没有武装，胡安果也赞成这个建议。不过现在要说服白人写这封信又太晚了，便派两名士兵看守着他。为了保险起见，胡安果亲自又检查了一遍绳子，觉得绳子太松，便叫来几个人把它扎得紧一些，然后才领着他的全部手下离开房间。渐渐地，一切又归于沉寂。

可是，托妮在老头子再一次与她握手时尽管对他道了晚安，尽管也上了床，然而一当发现房里毫无动静了，她就从床上爬起来，通过一道后门溜到野地里，心中怀着大得不能再大的绝望，沿着一条与大道相交的施特洛姆里先生一家到这儿来的必经之途奔去。要知道，年轻人从床上对她投来的充满鄙夷的两道目光，就像利箭一样刺痛了她的心。在她对他的爱里混杂着炽烈的痛楚，一想能这样去为救他而死，托妮感到无限快慰。她怕与施特洛姆里先生一家错过，便站在一株大松树下，只要邀请被接受了，一行人就必然经过树前；而且也正如约定的一样，第一束曙光刚刚才射出地平线,给一行人当向导的小男孩南基的声音便远远地从林子里传了过来。

一行人计有施特洛姆里先生和他的夫人,夫人骑着一头骡子。他们的5个孩子,其中较大的两个有十七八岁,名叫阿德尔白特和高特弗里特,走在骡子两边。三个用人和两名使女,其中一名怀抱个婴儿,骑在另一头骡子上。这一行总共12人。队伍慢慢地行进在松树盘根错节的小路上,眼看就要走近大松树前。为了不吓着任何人,这时托妮不声不响地从树荫下踱出来,然后喊道:"站住!"

男孩立刻认出是她。她问施特洛姆里先生在哪儿,他便高高兴兴地领她去到那位一家之长的老先生面前,与此同时男女老少已围住了她。

"先生!"托妮开始说,对方想要对她寒暄几句,她都大声地给坚决打断了,"真没想到,黑人胡安果突然带着全体人马回来了。你们现在去是九死一生。是的,你们要是不马上拿起武器来,您那不幸在庄园里住下了的侄儿就完啦。快跟我去救他吧,胡安果已经把他关起来了!"

"上帝呵!老天啊!"全家人都吓得直嚷嚷。母亲本来生着病,加之赶路已经精疲力竭,头一晕便从骡背上栽了下来。两个侍女经主人一唤急忙上前去搀扶她。被年轻人围着问长问短的托妮却把施特洛姆里先生和其余的男子领到一边,怕谈话给男孩南基听见。她强忍住羞惭和懊悔的泪水,向他们讲述了所发生的一切:青年军官刚进庄园时的情况如何;后来他俩怎样单独交谈,使得情况不可思议地变了样;在黑人突然回来时她如何害怕得几乎精神失常;而今,她如何置自己的生死于不顾,决心要把被她亲手捆上的爱人搭救出来。

"给我武器!"施特洛姆里先生大喝一声,奔到妻子的坐骑旁,取下了他的枪。趁阿德尔白特和高特弗里特这两个壮小伙子以及三名大胆的用人也自行武装的工夫,他说:"古斯塔夫表兄救过我们当中不止一个人的命,现在轮到咱们来报答他啦。"说着就把已经苏醒过来的妻子抱上骡背,出于小心谨慎,还把男孩南基的双手绑起来当作人质;随后打发全体妇女和小孩在同样武装起来的13岁的儿子斐迪南护送下,重新回海鸥塘去;托妮自己也取了一顶头盔和一支矛;施特洛姆里先生在问过她黑人的兵力以及在院子里的分布情况后,答应她只要可能,在行动时绝不伤害她母亲以及胡安果。说完他便怀着对上帝的信赖,勇敢地率领着自己这支小小的队伍,由托妮带路,向着庄园进发。

他们从后门潜入庄园,托妮立刻给施特洛姆里先生指出胡安果和芭贝康住的房间。施特洛姆里先生带着自己的人不声不响地摸进开着门的房子里,把集中在一起的黑人的全部枪支给控制起来。这时托妮则溜到旁边的厩舍中,那儿睡着南基的异母弟弟,五岁的塞庇。兄弟俩都是老胡安果的私生子,胡安果非常疼爱他俩,尤其是最近母亲刚去世的塞庇。即使能救出被关押的青年,撤回海鸥塘,从那儿继续向太子港逃去——托妮已考虑好一块儿逃走,路上也还会碰上不少困难,所以,她便做出正确的判断:如果把这兄弟两人当人质带走,遇上黑人追击,情况就对他们自已非常有利。她侥幸没被任何人看见，就把塞庇从床上抱起来，趁他还迷迷糊糊的，抱他进了正屋里。这期间，施特洛姆里等人已经悄悄摸进胡安果的卧室。然而出乎意料的是，胡安果和芭贝康并不在床上，却已被响声惊醒了，双双站在屋子当中，虽然半裸着身子，一副狼狈模样。施特洛姆里先生端起枪来，喝令他俩投降，不然就要他们的命！可是胡安果一言不答，从墙上拔下手枪就砰的一声，子弹从施特洛姆里脑袋边擦过，打到人群里。这一来施特洛姆里先生的手下全猛扑向他，在他开第二枪打穿一名用人的肩膀以后，手便被一刀砍伤了。接着，芭贝康和他两人都被按倒在地，用绳子紧紧缚到一张大桌子的桌腿上。枪声把胡安果手下的黑人也给惊醒了，他们从一间间马厩内冲出来，人数约莫20个，听见老芭贝康在房里叫唤，便发疯似的一拥而上，想要夺回自己的武器。施特洛姆里先生的伤不要紧。他把手下布置到正屋的各处窗前，但是没有用，便命令朝人群中开火，想镇住那些亡命者。谁知他们不顾已有两名同伴被撂倒在院坝上，仍提来斧头和铁钎，准备砸开施特洛姆里先生扛住的房门。在这危急关头，托妮抱着男孩塞庇，哆哆嗦嗦走进胡安果房里来了。这在施特洛姆里先生真是求之不得，他一把夺过托妮手中的孩子，拔出自己的腰刀，走过去对胡安果起誓说，老黑人要是不马上命令手下停止砸门，他就立刻杀死孩子。胡安果刚才被砍掉了三根手指头，此刻气力已经不支，要再拒绝生命也有危险，考虑一会儿以后便一边从地上站起来，一边回答，他愿意服从命令。随即他被施特洛姆里领到窗前，左手扯出一条手帕来朝院子里挥舞，同时对黑人喊道，他不需要他们来救自己的命，他们别碰房门，各自回到马厩里去吧！这以后战斗缓和了一点儿。按照施特洛姆里先生的要求，胡安果派出一名在房子里当了俘虏的黑人到下面那些仍逗留在院子里叽叽咕咕商量着的手下人中去，重复他刚才的命令。黑人们虽然不大明白是怎么回事，却不得不服从这位使者传达的命令，放弃已经做好一切准备要完成的企图，三三两两地趔回各自的厩舍里，尽管抱怨的抱怨，咒骂的咒骂。施特洛姆里先生呢，则让人在胡安果眼前把男孩塞庇的手捆起来，告诉老黑人：他这样做别无企图，只是想救出被关押在庄园里的青年军官，他的侄儿；随后，只要在他们逃往太子港的途中不再碰上障碍，他胡安果就一点不用担心自己的性命和两个孩子的性命，他会把他们交还给他。这时候，托妮走到芭贝康面前告别，感情激动得无法控制；她伸过手去想与母亲握一握，母亲却猛地推开她的手。她骂女儿是个贱货、奸细，从她被缚住的桌子腿前扭转身去，诅咒女儿说，不等女儿享受到她那可耻的快乐，上帝的报复就要降到她头上。

　　托妮回答："我没背叛你们。我是一个白人，已经许给你们关押的那个青年做妻子。我属于正在与你们公开交战的种族，知道怎样在上帝面前为自己站到他们一边的行为洗刷。"

　　为了保险起见，施特洛姆里又让人把胡安果捆起来，拴在门柱上，并在旁边留了一名守卫。他吩咐从地上扶起那个因肩胛骨被打碎而晕倒的用人，把他架走。他再一次告诉胡安果，过几天，在法国军队驻守的前沿阵地圣吕兹村，他可以去领回自己的两个孩子，塞庇和南基。办完这一切，他才拉着激动得忍不住哭出声的托妮的手，在芭贝康和老胡安果的诅咒下，离开了他们的卧室。

在窗户前进行的主要战斗结束后，施特洛姆里先生的两个儿子阿德尔白特和高特弗里特便奉父亲之命，赶到他们表兄古斯塔夫所在的房间，而且十分幸运，在守卫他的两名黑人进行顽强抵抗以后，终于制服了他们。其中一个死在房里，另一个被枪打成重伤，挣扎着逃进了过道。两兄弟中的哥哥大腿也受了伤，虽说不重。他们替亲爱的表兄松了绑，同他又是拥抱，又是亲吻，然后递给他枪和刀，要他跟着他们到前面的房间里去。在那儿，施特洛姆里先生肯定已经安排好一切撤退事宜，因为已经取得胜利。可坐在床上的表兄只是亲热地握着他们的手，身子一点儿不动弹，神不守舍的样子，也不伸手去接递给他的枪，却举起右手摸了摸自己的额头，带着说不出有多么恼恨的神气。兄弟俩在他身边坐下来，问他哪儿不舒服，他便用胳膊抱住他们，把脑袋靠在小表弟的肩膀上，一声不吭；阿德尔白特还当他是头晕，已经站起来准备去给他倒水喝，这当口托妮却抱着小男孩，由施特洛姆里先生牵着走了进来。古斯塔夫一见脸色大变，站起身来又几乎摔倒，只好抱住表弟的身子。猛地一下，他从表弟手中夺过手枪，他们还没搞清楚他想干什么，他已狠狠地一咬牙，冲着托妮扣动扳机。这一枪端端正正打穿了姑娘胸部，痛得她一声嘶叫，向着他跟跟跄跄蹿了几步，然后把小男孩递给施特洛姆里先生，倒到了他脚边；他呢，却把枪扔在她身上，用脚踹开她，口里骂她娼妓,身子一倒又躺在床上。

"你这个疯子!"施特洛姆里先生和两个儿子一齐冲他嚷起来。俩小伙子扑到托妮身边,扶她坐起来,同时叫来一个老用人。此人一路上已充作医生从类似的绝望情况下救过好几个人,但是姑娘却一只手痉挛地按住伤口,一只手推开好心的青年,指着开枪打她的那个人,喘息着反复吐出几个字:"告——告诉他……!告——告诉他……!"

"告诉他什么?"施特洛姆里先生问,因为姑娘死到临头,已经说不出话了。

阿德尔白特和高特弗里特站起身来,大声问那个可怕得叫人难以理解的凶手,他知不知道姑娘乃是他的救命恩人啊!她爱他,已决定牺牲一切,包括父母和财产,以便跟他一道逃到太子港去!他们冲着他耳朵大喊:古斯塔夫!问他是否什么也听不见。他们摇他的身子,扯他的头发,因为他像已失去知觉,对他们不理不睬,硬挺挺地躺在床上。蓦地,他坐起来,瞟了在自己血泊中辗转反侧的姑娘一眼,刚才使他做出那莽撞举动的狂怒自然而然地开始为恻隐之心所代替。施特洛姆里先生用手帕擦着热泪问:"你干吗这样做呵,可怜的人?"

古斯塔夫已从床上下来,用手抹去额头上的汗水,望着姑娘回答说,是她半夜深更可耻地把他捆了起来,交给了黑人胡安果。

"唉!"托妮长叹一声,把手伸向古斯塔夫,那眼神叫人简直无法描绘。"我,最亲爱的朋友,捆住你,是因为……"姑娘说不下去，用手也够不着他，突然一下子力尽气绝，倒在了施特洛姆里先生怀中。

"因为什么？！"古斯塔夫跪到她跟前，脸色惨白，问道。

房间里突然寂静下来，只听得见托妮的喘哮声。大伙儿等了好久，她再也说不出一个字，最后施特洛姆里先生才代替她回答：

"因为胡安果出其不意地回来时，没有别的任何办法能搭救你这个不幸的人；因为她想避免发生你一定会参加的战斗，争取时间，等我们——我们已按她安排正朝这儿赶——等我们到来，好用武力解救你。"

古斯塔夫双手捂脸，大叫一声："啊！"再也抬不起头来，只觉得脚下的大地在往下陷，口里喃喃着："真的吗？你们告诉我的一切是真的吗？"

他双手抱住姑娘的身体，心痛欲裂地凝视着她的脸。

"唉！"托妮又一声长叹，说出最后一句话："你不该不相信我哟！"说完，便命断魂销。

古斯塔夫抓扯着自己的头发，在表弟们将他从姑娘的尸体旁拉开时自语道：

"可不是吗！我不该不相信你呵。要知道你已经起过誓做我的未婚妻，虽然我们完全没能谈到这件事！"

施特洛姆里先生哀叹着，拉掉姑娘围在胸前的围裙，鼓励那个拿着几件简单医疗器械站在旁边的用人，要他把他认为陷在胸腔中的子弹拔出来。但如刚才说过的，一切努力全都没用，铅弹把她完全穿透,她的灵魂已经飞升到更美好的星球上去了。——这期间古斯塔夫走到了窗前。当施特洛姆里先生和儿子们含着泪商量如何处置姑娘的尸体,是不是应该去把她的母亲叫来时,古斯塔夫却趁机举起另一支上了子弹的枪,一枪打碎了自己的脑袋。这新的可怖举动把他的亲属们完全吓蒙了。眼下大伙儿又转而去抢救他,但这可怜家伙的头盖骨完全给打得粉碎,脑浆迸出来溅到了四周的墙壁上,因为他是把枪筒塞进口里开的枪。施特洛姆里先生第一个镇定下来。要知道窗外天已大亮,有报告说黑人们又开始在院子里活动了,除了赶紧撤走以外别无他法。大伙儿把两具尸体搁在一块木板上,不肯把它们留下来让黑人们恣意凌辱。在重新给枪装好弹药以后,这支悲伤的队伍就出发回海鸥塘。施特洛姆里抱着小男孩塞庇走在最前面,身后跟着两个肩上抬着尸体的强壮用人。受伤的那个用人拄着棍子一瘸一拐地追随着他俩,阿德尔白特和高特弗里特则警觉地提着枪,走在这支慢慢前进的运尸队两侧。黑人们发现对手力量如此虚弱,都提着矛和铁叉从房里走出来,跃跃欲试,就要发动攻击的样子,可是预先已被小心地松了绑的胡安果却走出来站在台阶上,摆了摆手叫他们不要动。

"在圣吕兹!"他冲着已经走到大门口的施特洛姆里先生喊。

"在圣吕兹!"施特洛姆里先生回答。

这样,一行人就在未受追击的情况下到达野外,进入了森林。在海鸥塘附近,他们找到家属,为尸体挖好了坑,洒了许多眼泪。他们先把两人手上戴的戒指做了交换,然后才低声祈祷着，把这一对情侣送进带给他们永久安宁的新居。五天后，施特洛姆里先生带着妻子和孩子，幸福地抵达圣吕兹。他遵照自己的诺言，把两个黑孩子留了下来。他刚好赶在围城开始前进入太子港，还在太子港的城垣上参加了白人的保卫战。当城市经过顽强抵抗仍落在德萨里纳斯将军手里时，他跟随法国军队逃上一支英国舰队，然后全家一起乘船前往欧洲，再未经受任何波折就回到了自己的祖国瑞士。随后，他用自己所剩下的小小一笔款子在里基地区购置了一所住宅。直到1807年，人们还可以在他家花园的小树林中，看见他为他的外甥古斯塔夫及其未婚妻——忠心的托妮立的纪念碑。

义　子

所谓"义子",实际上是指忘恩负义、好色成性的恶棍,其卑鄙无耻赛过了法国戏剧大师莫里哀著名戏剧《伪君子》中的达尔杜夫①。好心的商人救了这个弃儿的命,将他收为义子,他长大后却倚仗教会势力欺压自己的恩人,凭借法律手段剥夺了商人的全部家产,并害得商人家破人亡。克莱斯特成功地塑造了一个十恶不赦的坏蛋形象,用义子和他的读来令人发指的故事,对教会腐败和司法不公进行了无情的揭露和批判。

安东尼·庇亚基是罗马城中的一位富商,他为了经营自己的买卖,常常不得不长途跋涉到外地去。通常,他外出时都把自己年轻的妻子艾尔芙蕾留在罗马家中,托亲戚们照顾。有一次,他带着前妻的儿子——11岁的帕欧罗,到拉古沙城去旅行。不巧那

---

① 法国剧作家莫里哀(Molière,1622—1673)同名喜剧中的人物,一个典型的伪君子。

儿暴发了瘟疫，闹得城乡一片惊惶。消息在半道上才传到庇亚基耳中，他只好在城外停下来，打听那是怎样一种性质的瘟疫。人家告诉他，情况一天比一天严重，城门已经被迫关闭；考虑到自己儿子的安全，他克制了谋利的欲望，雇好车马动身回罗马去。

到了城郊，他看见车旁有一男孩，伸出双手向他哀告，神情显得十分凄苦。庇亚基叫车停下，问男孩需要什么帮助，男孩便回答：他染上了瘟疫，眼下警察正在抓他，要把他关进医院去，而他的父母都已双双死在了医院里。他以全体圣者的名义请求庇亚基把他带走，千万别让他回到城里去送死。他讲得天真诚恳，一边还抓住老人的手握着，吻着，号啕大哭起来。一开始，在惊恐之下，庇亚基想推开他，谁知在这瞬间，男孩脸色大变，晕倒在地上。老人不禁动了恻隐之心，便和儿子下车，把男孩抱到车中，带着他继续赶路，虽然他自己也不知道该怎样安置这个孩子才好。

第一次歇脚时，他还在与旅店主人商量用什么办法摆脱这个累赘。可这时警察已得到风声，拘留了他，随即把他和他的儿子连同尼柯罗，就是那个病孩，一起押回拉古沙。庇亚基一再抗议这残忍的做法，可全都无济于事。到了拉古沙城，三人立刻在一名警察的监视下被送进了医院。在医院中，庇亚基本人倒安然无恙，尼柯罗的病也渐渐痊愈，可他11岁的儿子帕欧罗却受到感染，三天之后便不幸死去。

眼下，城门已重新开放，庇亚基也掩埋好了爱子，经警方准许打算离去了。他登上马车，看着自己身旁那个空空的座位，不禁悲从中来，怆然泪下。这时，尼柯罗手里攥着帽子，慢慢走到车前来送行，祝他一路平安。庇亚基身子探出车门，哽哽咽咽地问尼柯罗，是否愿意跟他一道去。男孩一听明白老人的意思，马上点头说："啊！愿意，很愿意！"

医院的负责人对庇亚基提出能否带走男孩这个问题，含笑答道：这是神赐给庇亚基的儿子，他尽管带走好了，没谁会来找这孩子的。庇亚基大为激动，抱孩子上了车，把他当作自己的儿子带回罗马去。

路上，在进罗马城门之前，商人仔仔细细观察了这孩子。只见他眉目异常清秀，只是神色微微显得呆板，一撮黑发垂在额头上，给面孔投下了阴影，一股子少年老成的机灵劲儿，表情永远保持不变。老人向他提了几个问题，他三言两语作答，然后便闷声不响，旁若无人地坐在角落，手插在裤袋里，以充满疑虑的目光，观看着车窗外掠过的景物。他不时地趁老人伤心抹泪之际，不声不响地从口袋里掏出大把的瓜子来，一颗颗送到牙齿中间去嗑着。

回到罗马家中，庇亚基向自己年轻贤惠的妻子艾尔芙蕾简单讲了自己的遭遇以后，便把男孩叫过去让她见见。艾尔芙蕾想着自己异常疼爱的继子小帕欧罗，忍不住伤心地哭了起来。可尽管如此，她仍然拥抱了陌生的拘谨地站在她面前的尼柯罗，领他去看了帕欧罗过去睡过的床，把帕欧罗的衣服全部给了他。庇亚基送他上学，让他在学校里学习写字、读书和算术。可以理解，庇亚基十分钟爱这个他得之不易的男孩，没过几个星期，就正式认他为义子。善良的艾尔芙蕾也对此表示同意，她已不再指望老人能使她生下一男半女。过了一些年，庇亚基辞退了一名由于某些原因使他不满的伙计，让尼柯罗接替了他在账房中的职务。庇亚基发现，尼柯罗对一些烦琐复杂的业务都能大刀阔斧地进行处理，使商号得到了很多好处，因而满心欢喜。他对儿子唯一不满的是，尼柯罗经常与卡美尔修道院的那些教士往来。教士们估计青年有朝一日将继承老人遗留下的巨额财产，便对他大加奉承，而老人恰好又是一个痛恨所有宗教或迷信的人。至于母亲，她对儿子也没有别的什么不称心，只觉得他对女性的爱慕似乎早了些。还在15岁时，尼柯罗有一次去修道院玩，就被一个叫克萨芙丽娅·塔尔蒂尼的女人勾引上了，这个女人乃是当地主教的姘头。后来，由于老人严加管束，这段瓜葛倒是割断了，可艾尔芙蕾总有理由担心，他在危险的情场上自制力是不够的。终于，尼柯罗满了20岁，和艾尔芙蕾的侄女康斯坦莎·帕奎特，一个在艾尔芙蕾监护下在罗马教养起来的热那亚少女成了亲，似乎才从根上治好了他这唯一的毛病。父母双方对他都同样满意了，厚厚地赏了他一宗结婚礼物，还把富丽宽敞的邸宅腾了很大一部分给他，以示勉励。话休絮烦，庇亚基到了60岁，便做出最后决断，按正式法律手续把自己的全部资产，也就是他整个买卖的基础都移交给了尼柯罗，自己只保留了小小一笔现金，与自己忠实、贤惠、与世无求的妻子一起退了休。

说到艾尔芙蕾，她童年时有过一段悲惨动人的遭遇，给她的心灵上留下了隐痛。她父亲菲利普·帕奎特是热那亚一位富有的染房老板。出于职业的需要,他家住宅的后墙紧靠大海,由一方一方的石头砌成,墙上伸出一根根粗大的橡木,伸到海面上一两丈远,用以晾干染过的布。在一个不幸的夜晚,宅子失了火,顷刻间所有房屋都烧得噼里啪啦直响,仿佛它们全是用沥青和硫黄堆成似的。当时才13岁的艾尔芙蕾被火焰逼得从一层楼逃到另一层楼,最后自己也不知怎么就爬到了窗外的橡木上。可怜的孩子上不着天,下不挨地,完全不知道该怎样才能救自己的命。她背后的墙壁已接上火,火焰被风吹打着,开始蔓延到橡木上,在她脚下却是茫茫大海,令人害怕。眼看她已绝望,准备投身波涛,选择小一点的痛苦。这时在窗口突然出现一个人,一位出身贵族的热那亚青年,他把斗篷扔在橡木上,抱起小女孩,抓住一条从橡木上垂下的湿布,勇敢而灵巧地滑到了海面上。从码头上划过来的船接住他们,在群众的欢呼声中送他们上了岸。谁知上岸以后,勇敢的青年却一下子昏倒了,原来刚才在穿过火海中的住宅时,一块从飞檐上掉下的石头把他的脑袋打成了重伤。人们把他抬回他父亲,一位侯爵的公馆里,但他迟迟未能恢复健康。侯爵便请来意大利各地的名医,对他施行一次又一次的手术,从脑子里拣出了不少骨碴儿。然而,在不可理解的天意面前,一切医术全归无效。青年的母亲把艾尔芙蕾召去服侍他,在她搀扶下,他只偶尔起过几次床。青年苦苦地熬了三年,三年中艾尔芙蕾一直未离他的病榻。后来有一天,他又一次亲切地握了握艾尔芙蕾的手,便溘然长逝了。

庇亚基与侯爵家有着商务关系,正是在这里他认识了当时看护病人的艾尔芙蕾,两年后便和她结了婚。当着妻子的面,他绝口不提她恩人的名字,也避免以任何方式触动她对他的回忆。他了解如果提起那些事,会使妻子美丽敏感的心灵产生剧烈的震动。有时候,哪怕只为一点点小事,她只要一想起青年为她受苦和死去时的情景,她便会泪如雨下,别人再怎么劝、怎么安慰都是徒劳;不管是在什么场合,她都要站起来跑到一边去独自痛哭一场,别人也不跟她去,因为都知道只有如此她才能摆脱自己的悲哀。至于她这动辄伤感的原因,除庇亚基外其他人都不了解,她在一生中,还从未把她那不幸遭遇向别人吐露过一个字。大伙儿已习惯于认为是她神经过敏,是她婚后不久一次严重热病的后遗症,所以谁也不再去进一步探究真正的原因。

  言归正传。一天,尼柯罗瞒着自己的妻子,诡称去一个朋友家赴约,却偷偷带着克萨芙丽娅·塔尔蒂尼逛狂欢节去了。从前,父亲禁止他和这个女人来往,实际上他与她藕断丝连。这次,他和她一直玩到深夜,等众人都睡了以后,才溜回家来,身上还穿着化装舞会上随便选的那套热那亚骑士装。事有凑巧,那天夜里老人突然感到身体不适,女仆们又都去睡了,艾尔芙蕾便亲自起来去餐厅为他取醋瓶子。正当她打开屋角里的食橱,站在椅子棱上,在大大小小的瓶子中间找来找去的时候,房门轻轻开了,尼柯罗走了进来,手里擎着一盏过道上点着的灯,头戴羽毛帽,身披斗篷,腰悬宝剑。他尚未发现艾尔芙蕾,蹑手蹑脚地径直走到了自己的卧室门边,发现门上了锁,正感到奇怪。这时艾尔芙蕾看见了他,一下像被无形的闪电击中了似的,从她站着的椅子上跌落下来，连同手里的瓶子杯子一齐摔倒在地板上。尼柯罗吓得脸色苍白，转过身来，打算跑上去扶不幸的母亲。可转念一想，她刚才弄出的响声定会把老人招来，自己难免受到申斥，便不顾一切地跑过去，夺下挂在艾尔芙蕾腰间的钥匙，找出一把开了房门，再将钥匙扔回餐厅，然后躲进了自己房中。不一会儿，庇亚基抱病从床上下来，到餐厅中扶起自己的妻子，打铃召唤来端着灯的男女仆人。这时候，尼柯罗也穿着睡衣跑出来，打听发生了什么事。在当时的情况下，艾尔芙蕾惊得几乎掉了魂，舌头压根儿不听使唤，而除她之外，尼柯罗是唯一的知情人，所以事情的来龙去脉便成了一个永远的秘密。大伙儿把四肢哆嗦的艾尔芙蕾抬到床上，她一直躺着发了几天高烧，最后旺盛的生命力总算占了上风，她基本上复原，只是在情绪上留下了一点特别的忧郁。

如此又过了一年，尼柯罗的妻子康斯坦莎在分娩中不幸母子双双离开了人世。这件事情令人痛心，因为失去了一位贤淑而有教养的女子，但更可悲的是，它给尼柯罗打开了为所欲为的方便之门，使他既可执迷于崇拜上帝，又可放胆去贪念女色。他整天整天泡在卡美尔修道院的教士房里，说什么是为了在痛苦中寻求安慰，其实人们都知道，他在妻子生前就对她很冷淡，既缺少对她的爱，也不够忠诚。难怪在康斯坦莎下葬的前一天晚上，艾尔芙蕾去他房中找他商量葬礼的事，便撞见一个打扮妖娆的女子，艾尔芙蕾一眼便认出是克萨芙丽娅·塔尔蒂尼的侍女。一见这情景，艾尔芙蕾二话没说，就低眉顺眼地退出了房间，一个人跪在疼爱尼柯罗的康斯坦莎灵前痛哭了一场。对庇亚基也好，对任何其他人也好，她都不想提她看见的事。谁料庇亚基这时从城里回来，一进门便碰上了那个侍女，他大概清楚她是来干什么的，着着实实训了她一顿，连诈带夺地把她藏在身上的情书截了去。他回到房里打开情书一读，果然不出所料，正是尼柯罗急不可待地要想与克萨芙丽娅幽会，恳求她马上定一个地点和时间。庇亚基当即坐下来，改换笔迹以克萨芙丽娅的名义写了回信："就在今晚，地点——玛格达莲娜修女院。"写完，庇亚基给信上盖了一个不知谁的封印，差人送到尼柯罗房中，装作是克萨芙丽娅那边送来的。此计完全成功，尼柯罗马上披上斗篷出门去了，压根儿忘记了还有个康斯坦莎躺在灵柩之中。庇亚基自觉受到了奇耻大辱，便放弃了原定第二天举行盛大葬礼的计划，让几名抬手扛起已经入殓的遗体，只由他本人、艾尔芙蕾以及少数几个至亲护送着，悄悄向已准备好墓穴的玛格达莲娜修女院走去。这时，尼柯罗身上裹着斗篷，正站在修女院的大殿里，一见这个十分熟悉的送殡队伍走来，大为惊异，便问跟在灵柩后的老人是怎么回事，死者是谁，岂知老人手捧祈祷书，头也不抬地答道："克萨芙丽娅·塔尔蒂尼！"

接着，开启棺盖，在场的人各自向死者进行了祝福，就像根本不存在尼柯罗这个人似的。随后，棺木放入墓穴，封了起来。

这一着大大羞辱了尼柯罗，使倒霉鬼心中燃起了对艾尔芙蕾疯狂的仇恨，他认定，老头子使他当众出丑这事完全怪她。庇亚基好多天不搭理他，而他为了获得康斯坦莎所留下来的那份财产,又必须讨老人欢心。因此,他不得已在一天傍晚拉住老人的手,满脸悔恨地向他做出保证:立刻和克萨芙丽娅断绝关系,永远和克萨芙丽娅断绝关系。话虽如此,他却很少打算遵守自己的诺言,倒是家里人越阻拦他,他就越顽固,哄骗诚实的老人的手段也越高明。还得说的是,在那倒霉的一天,艾尔芙蕾到他房中撞见了克萨芙丽娅的侍女,马上便退了出去,可就在这一瞬间,他却发现她从来未有过的美。当时艾尔芙蕾由于生气两颊微红,使平素和蔼而极少流露感情的脸上平添了无穷的风韵。尼柯罗便想:他前些时候为一点拈花惹草的事儿受到她狠狠的惩罚,她自己如此姿色撩人,难道就从来不好此道吗?他不相信。他要是抓住了把柄,就一定去老头子面前对她一报还一报,现在他需要和寻找的,便只是实现自己计划的机会。

一天,庇亚基不在家,他打艾尔芙蕾门外经过,听见屋里仿佛有人讲话,感到非常惊奇。他陡起恶念,便弯下腰,把眼睛凑近锁孔一瞧——天哪!他简直不相信自己的眼睛!他看见艾尔芙蕾跪在一个男人脚边,现出一副绝望的神情。他虽说未认出那人是谁,却清清楚楚听见她在轻轻呼唤着一个名字:柯尼罗,语气中充满了柔情。他的心怦怦跳着,藏身到走廊里的一扇窗下,从那儿监视着艾尔芙蕾的房门,却又不暴露自己。这时,他听见了轻轻抽开门闩的声音,心想揭露那个伪善婆娘的宝贵机会到啦。门开了,走出来的谁知并非他所期待的那个陌生男子,而是艾尔芙蕾本人,身边再也没有谁。她腋下夹着一块家织夏布,神色自若地远远瞅了他这边一眼,从腰间取下钥匙锁上门,从从容容地手扶着栏杆走下楼去。尼柯罗想,好个狡猾放肆的老手,她真能装腔作势哩!等艾尔芙蕾走远了,他马上去取来了钥匙,先是目光胆怯地把周围瞅了瞅,接着偷偷开了艾尔芙蕾的房门。他多么吃惊啊,他把房中搜了个遍,哪儿也不见一个人影,仅仅在一道红绸幔子背后,在一个壁龛里边,由一盏特别的灯照明,供着一尊真人大小的年轻骑士像。一见这像,尼柯罗吓了一跳,自己也不知为什么。骑士像瞪大眼睛瞧着他,他脑子中掠过了一连串的想法。他还来不及集中和清理自己的思想,便已害怕起来,慌慌张张重新锁上门逃开去,生怕被艾尔芙蕾发现了再受惩罚。

　　事后,他越想越觉得他发现的那尊塑像大有文章,心急火燎地想弄清楚塑像究竟是何许人;因为,他清清楚楚看见艾尔芙蕾跪在一个男人脚边,这人显然就是那个年轻骑士塑像。他心里很不安,便去找克萨芙丽娅·塔尔蒂尼,把自己的发现告诉她。克萨芙丽娅和他一样,也视艾尔芙蕾为妨碍他俩相好的唯一眼中钉,一心想除掉她,便说,她希望亲自去看看供在艾尔芙蕾房中的那尊塑像。她自诩在意大利贵族社会交游甚广,只要那人曾在罗马抛头露面,有过一点名声,她就可能认识他。没过多久,庇亚基夫妇在一个礼拜天去乡下走亲戚,他俩前脚一离开,尼柯罗后脚便跟出去,把克萨芙丽娅叫了来,把她说成是一位不认识的夫人,以参观塑像和刺绣为口实领她进了艾尔芙蕾房中。克萨芙丽娅随身带着一个小姑娘,就是她跟主教大人生的那个女儿。幔子一拉开,小克拉拉——克萨芙丽娅的女儿叫这个名字——马上嚷起来:"主啊,上帝啊!这像不就是您自己吗,尼柯罗先生?"

尼柯罗怔住了。克萨芙丽娅一言不发。的确，她越看那塑像，越奇怪它和尼柯罗竟是那样像，特别是她回忆起几个月前，他带她一起偷偷去逛狂欢节时穿着骑士装时的模样，就更是如此。尼柯罗脸不禁红了，马上想讲句笑话遮掩过去，他吻了一下小克拉拉道："不错，亲爱的克拉拉，这塑像非常像我，就跟你像你认为是自己爸爸的那个人一样！"

克萨芙丽娅心里却酸溜溜的，瞪了他一眼，走到一面镜子前面说，管它是谁都没有什么要紧，说完冷冷地向尼柯罗告辞走了。

克萨芙丽娅一走，尼柯罗便为刚才的一幕大为激动。他回忆起了那天夜里，他神秘的出现使艾尔芙蕾失魂落魄的情景，心里不觉乐滋滋的。他想自己竟唤起了这位堪作表率的贞洁女人的热情，不禁非常得意，这种心情，与他想向艾尔芙蕾报仇的渴望比起来，是同样强烈的。如今他产生了一举两得的念头，既满足情欲，又向她报仇，因此急不可待地等着艾尔芙蕾回来。到时候，他只要看看她的眼睛，便可坚定自己的信心。他几乎完全陶醉了，要不是还有一点令他存在疑虑的话：他清楚记得，艾尔芙蕾跪在像跟前，他透过锁孔听见她呼唤"柯尼罗"这个在意大利少有的名字，唤得那么温柔亲切，使他听着不知不觉也进入了甜蜜的梦中。如今，他进退维谷，拿不定主意，不知是相信自己眼睛好呢，还是相信自己耳朵好。但到最后，自然还是选择了最能满足他虚荣心的眼睛。

数日后，艾尔芙蕾从乡下回来了，随身还带着亲戚家中一位想来罗马开开眼界的年轻姑娘。下车时,她忙着关照客人,对上前殷勤迎接的尼柯罗只冷淡地瞥了一眼。在招待女客的几个星期里,家中显得从未有过的忙乱,她陪着客人城里城外跑,凡是一位年轻快活的女孩子可能感兴趣的地方,都得前去。尼柯罗由于营业需要一直待在账房中,不管去哪儿他都未被邀请参加,这事又使他产生了对艾尔芙蕾的怨恨。在烦恼愤懑之中,他重新想到了她暗中崇拜的那个陌生人。在好不容易盼来年轻客人离开的那一天的傍晚,他狂乱的心更是痛苦得要碎了,因为在晚餐桌旁,艾尔芙蕾只顾做自己的一点儿手工,连一句话也不跟他讲。偏巧在几天前,庞亚基问起一盒尼柯罗小时候用来学识字的象牙字母块,老人觉得现在反正用不着了,准备拿去送给一个邻家的小孩。奉命去找这字块的女仆,把一大堆旧东西翻来翻去只找出六个字母来,刚好能拼出"尼柯罗"这个名字。其余的显然由于与少爷关系不大,不如这六块受重视,东一扔西一扔全被扔光了。眼下,尼柯罗胳膊肘支在餐桌上,一边想心事,一边摆弄着几天来搁在桌面上的那几个字块,颠过来倒过去,便偶然地——确实是偶然地,因为他本人也从未有过地吃惊——发现了它们也正好能拼出"柯尼罗"这个名字。尼柯罗觉得谜底一下子揭开了,心中顿生狂想,情不自禁地向坐在一旁的艾尔芙蕾投过去畏葸而捉摸不定的一瞥。在他看来,这两个名字的关系绝非偶然,他估量着这一意外发现的意义,心中按捺不住地高兴。他的心怦怦狂跳着,把手放下了桌子,等着艾尔芙蕾抬起头来,想观察她在看见摆在桌上那个名字的一瞬间,有怎样的表现。这回他的希望没有落空，艾尔芙蕾抬起头来休息时发现了桌上摆好的字块，便无心地探过身去读，因为她有些近视。可当她看清楚了，便异常难堪地瞅了装得心不在焉的尼柯罗一眼，马上抓起活计来，流露出无法形容的哀痛，脸上也泛起红晕，泪水一滴接一滴掉在了怀中。她自以为这一切都没人发现，其实，尼柯罗尽管低着头不曾望她，却已把她全部激动的情形观察得一清二楚，丝毫也不再怀疑，她在"柯尼罗"这个名字遮掩下，偷偷害着对他本人的相思。这时，艾尔芙蕾一伸手轻轻搅乱了字块，尼柯罗看在眼中，心里的狂念达到了顶峰，以为艾尔芙蕾真是唾手可得了。她站起身来，放下手中的活计，奔回自己房中，尼柯罗恨不得跟上她，追到她卧室里去。偏巧这时庇亚基走了回来，一进门就问艾尔芙蕾在哪里，侍女回答太太刚才身体不舒服，已经上床睡了。庇亚基并未表现出多么惊异，转身向着妻子卧室走去，一刻钟后，他回来说艾尔芙蕾不吃晚饭了，接下去便再也一言不发。尼柯罗却自以为已经找到一把钥匙，可以揭开他所闻所见的一切蹊跷怪事的秘密。

第二天早上，他正怀着卑鄙而喜悦的心情，忙于考虑如何利用自己昨天的发现，这时克萨芙丽娅却差人送来了一张条子，让他马上去见她，说有关于艾尔芙蕾的事要向他宣布，他一定会感兴趣的。由于供养她的大主教的关系，克萨芙丽娅与卡美尔修道院的神甫们交往很密切。尼柯罗知道母亲常去修道院办告解，便断定克萨芙丽娅准是从忏悔的秘密中了解到什么情况，足以证实他那些妄想。谁知，克萨芙丽娅一副狡黠的神气，向他问了好，笑嘻嘻地拖他在自己身边的沙发上坐下，临了儿却说，她不能不向他披露：艾尔芙蕾害相思的对象，乃是一个早在12年前就已躺在坟墓中的死人。尼柯罗恰如一场春梦被人遽然搅醒，心里好不难受。原来，他在艾尔芙蕾房中的壁龛里，在红绸幔子后面发现的那尊塑像，是一个叫阿隆修斯的骑士。此人是蒙特费拉特侯爵之子，早年在巴黎一位伯父家受教育，由伯父取名为柯林，回到意大利以后，人家便开玩笑地把它叫成"柯尼罗"。艾尔芙蕾幼年时家中失火，年轻的威尼斯骑士见义勇为，把她救出了火海，自己却受伤死去。克萨芙丽娅最后叮嘱说，她请他不要再往外张扬，因为她自己也是在发誓赌咒的情况下，才从卡美尔修道院一位神甫嘴里探听出了这桩秘密，而神甫原本是无权向她透露的啊。尼柯罗脸一阵红，一阵白，按她的分析，她大可不必担忧。可是在克萨芙丽娅狡狯的目光面前，他完全掩饰不住自己知道真相后的尴尬心情，只好借口商号里有急事等他办，拿起帽子，嘴唇丑恶地咧了几下，便脱身走了。

如今，羞恼、淫欲和仇恨搅和在一起，酝酿着尼柯罗一生中所干过的最可鄙的勾当。他清楚意识到，只有用欺诈手段，才能制服艾尔芙蕾那颗纯洁的心。这时候，庇亚基去乡下办事。他刚一离家，尼柯罗就着手施行他那冥思苦想订出的罪恶计划。几个月前的一天夜里，他悄悄从狂欢节的化装舞会上回来，曾穿着一套骑士服装出现在艾尔芙蕾面前。眼下他又弄来同样一套服装，包括斗篷、骑士短袄以及羽毛帽，全都按威尼斯的样式裁制。他把它们一如上次那样穿戴起来，在临睡前溜进了艾尔芙蕾的卧室。进去后,他用一块黑布盖住壁龛里的塑像,自己却站在像前,手执一根游杖,摆出与那塑像一模一样的姿态,等着艾尔芙蕾前来祈祷。凭着他那狂热奸佞的狡诈,他的预料果然不错。艾尔芙蕾回到房中,静静地宽解了衣裙,便同往日一样来到了壁龛前面。她拉开幔子,瞧见尼柯罗,只唤了一声"柯尼罗!我亲爱的!"便晕倒在地上。尼柯罗从壁龛中走出来,被艾尔芙蕾的美貌给惊呆了,痴痴地在她面前站了好一会儿,观赏着在死神亲吻下变得苍白的娇躯,大饱了一顿眼福。随后,为了不浪费时间,他一边顺手扯掉盖在塑像上的黑布,一边弯下腰去抱起她来,向着屋角的床铺走去。他把她放在床上,再跑过去闩门,发现门已经上了锁。这会儿他放心了,相信即使艾尔芙蕾苏醒过来,对以她幻想中的神圣形象出现的他,也是绝不会抗拒的。他回到床前,狂吻艾尔芙蕾的胸和嘴唇,以使她恢复知觉。然而,人在作恶时,尼美西斯①总是接踵而至。尼柯罗原以为庇亚基要出门几天,偏巧这时他却赶了回来。老人估计妻子已经入睡,便轻手轻脚地穿过走廊,来到门边,用总是随身带着的钥匙不出一声地开了房门,突然出现在房中。尼柯罗像遭雷打了似的,一下子目瞪口呆;眼见丑事败露,完全无法遮盖,便跪倒在老人脚下,乞求宽恕,并发誓往后再不瞅他妻子一眼。本来,庇亚基也确实想悄悄把事情了结。可是这时,在他怀抱里的艾尔芙蕾苏醒了过来,惊恐地望了望面前的那个恶徒,问丈夫是怎么回事。老人无言以

---

① 希腊神话里的因果报应女神。

对,把妻子床上的帐幔拉拢,从墙上取下鞭子,打开房门,手指门外,示意尼柯罗立即滚出去。尼柯罗真是个货真价实的达尔杜夫,他明白这一走不会有好结果,便蓦然从地上跳起来,向老人宣布:该滚出这所房子的是他,是老人自己,因为根据充分有效的文书,他尼柯罗才是这住宅的所有者,他将行使自己的主权,世界上谁也反对不了的!庇亚基简直不相信自己的耳朵,这闻所未闻的狂妄行径,使他完全失去了抵抗力。他丢下皮鞭,抓起帽子和手杖,立刻奔到他的老法律顾问瓦勒里奥博士家中。他猛拉门铃,唤来一个女仆开了大门后冲进博士房中,一句话尚未讲完便昏倒在床前,不省人事。过后,瓦勒里奥博士把庇亚基和艾尔芙蕾都安顿在了自己家里,第二天一早便出门奔走,想活动当局,拘捕那个坏蛋。可是庇亚基已正式把产业移交给了尼柯罗,使这坏蛋在法律上占了便宜,要赶走他已不可能,虽然老人尽了最大努力。与此同时,尼柯罗已带着全部产权文书,赶到他在卡美尔修道院中的朋友那儿去,恳求他们帮助他对付想赶他出家门的老傻瓜。闲言少叙,尼柯罗答应了娶主教想摆脱的姘头克萨芙丽娅,这个恶徒便打赢了官司。法院在主教的敦促下做出判决,确认了财产归尼柯罗所有,禁止庇亚基再去找他生事。

可怜的艾尔芙蕾在那天晚上出事以后便发高烧,不久就离开了人世。庇亚基头一天安葬亡妻,第二天得知法院判决。在双重痛苦的打击下,他怀揣着那份判决书,径直奔回家去。他在狂怒中力大无比,一下就将体质羸弱的尼柯罗打翻在地,把他按在墙上碰得脑浆迸流,等屋里其他人发现,他已把尼柯罗夹在双膝之间，将那张判决书塞进了尼柯罗口中。干完这一切，他才站起来，扔下了所有凶器。接着，他被关进了监狱，受了审，判了绞刑。

在教皇的国度里实施着一条法律，规定任何罪犯在处死前都必须举行最后一次告解。行刑之日到了，庇亚基却顽固地拒绝履行上述仪式。教会用尽一切办法，想使他感到自己的行为将受到上帝的惩罚，但他都无动于衷。不得已，当局只好押他到绞架跟前，希望他在死到临头时能有所悔悟。这边站着一位神甫，以世界末日到来时的瘆人的调子，向他绘声绘色地描述他灵魂将去的地狱中的种种可怕景象；那边又站着另一位，手捧能免除人们罪孽的"圣体"，向他赞美那永远和平宁静的归宿。

"你愿意灵魂得救吗？""你愿意领'圣体'吗？"两位神甫问他。

"不！"庇亚基回答。

"为什么呢？"

"我不想升天堂。我唯愿下到十八层地狱去，在那里找升不了天堂的尼柯罗，报我在人世上不曾报完的仇！"

说着，庇亚基便走上绞架的梯子，要求刽子手干自己的差事。一句话，官员们被迫停止行刑，又把受着法律保护的可怜人带回狱中。同样地努力了三天，结果仍然一样。第三天，庇亚基在没被吊上绞架又从梯子上走下来的时候，对苍天举起双臂恶狠狠地发出了诅咒，诅咒那惨无人道的法律，竟剥夺了他下地狱的权利。他唤着所有恶魔的名字，希望他们来抓走他。他起誓，他的唯一愿望便是被处死和下地狱。他保证,再有哪个神甫敢露面,他就一定掐死他,以便自己能下地狱去找到尼柯罗!

当局将情况报告教皇,教皇下令不办告解便处决他。没有一个教士送他去受刑,只有刽子手给他的脖子套上绞索,把他静悄悄地吊死在罗马民众广场。

决 斗

自从跟一位门第显得与他不够般配的伯爵夫人秘密结合以来，威廉·封·布莱萨赫公爵和自己的异母兄弟红胡子雅各布伯爵便相互敌视。伯爵夫人名叫卡塔琳，出身老许宁根世家，前夫为封·赫尔斯布鲁克伯爵。由于她在婚后为公爵生的几个孩子都不幸夭折，公爵只好前往沃尔姆斯城觐见德意志帝国皇帝，求得皇帝的恩准，把继承他爵位的权利赏赐给了他与伯爵夫人婚前私养的儿子菲利普·封·许宁根伯爵。在执掌公国政事的整个一生中，他对未来还不曾像眼下这样乐观过，因此在14世纪末年的圣雷米吉乌斯节①，尽管已经是暮色苍茫，他仍兴冲冲地赶回自己的封邑去。眼看就要赶到自己宫殿背后的林苑跟前，却突然从幽暗的树丛中飞出一支箭来，正好射中他的胸骨下边一点，直穿进他的身体里。他的侍卫长弗里得里希·封·特洛塔大惊失色，在另外几名骑士的帮助下急忙把他送回宫中。他躺在自己惶恐万状的妻子怀里，鼓起最后一点力气，向他的妻子派人匆匆召集来的廷

---

① 圣雷米吉乌斯节在每年的十月一日。

臣和藩属们宣读了帝国皇帝授予继承权的敕令。根据法律，公国国王的王冠本该由他的异母兄弟红胡子雅各布伯爵来戴，臣属们因此对安排新的继承人不无反对表示，虽然到底答应了他最后的这个坚决要求，让菲利普继承王位，但提出一个条件，就是鉴于菲利普尚未成年，必须请求皇上承认其母为他的监护人和公国的执政者。事情如此定下来后，老公爵便身子一摊死去了。

于是公爵夫人即刻登极，仅于事前派出几名使者给自己的小叔红胡子雅各布伯爵送了一道通知去。宫中一些骑士自诩能够看透这位老于城府的伯爵的心理，他们所做的预言至少在表面上看是应验了：红胡子雅各布明智地估计眼下的情势，把兄长加给自己的不公道强忍了下来，至低限度不曾采取任何企图推翻自己兄长最后决定的措施，而是对他小侄儿获得王位表示衷心的祝贺。他兴高采烈地设宴款待使者，绘声绘色地告诉他们说：他在给他留下一笔巨产的妻子去世以后，如何在自己的城堡里过着自由自在、无拘无束的生活；他多么喜欢住在他邻近的那些贵妇人，喜欢他自己的美酒，喜欢和愉快的朋友们结伴去打猎；他如何在自己的有生之年仅仅还盼望着一件事，那就是前往巴勒斯坦朝拜圣地，以赎补他在年少气盛时所造成的罪孽。而且很遗憾，他承认自己在晚年作的孽仍有增无已。可是，他的两个原本肯定成为王位继承人而娇养起来的儿子，却认为自己的权利遭到了不能容忍的侵犯。他们万万没有想到父亲竟会对自己所受的奇耻大辱这样满不在乎和麻木不仁，便狠狠地责备他，然而一点没用。他严厉训斥这两个嘴上无毛的小伙子，使他们不敢再开腔，并且强迫他俩跟着自己,在他兄长出殡那天到城中去,行礼如仪地走在他的旁边,把老公爵,他们的伯父送进墓地。随后他又来到公爵宫内的宝殿上,当着执政的老公爵夫人的面,和宫里的所有其他高官显贵们的面,对小王——他的侄儿进行朝贺,但他辞谢了公爵夫人赏赐给他的所有官职和荣誉,仅仅让因为他的豁达大度和克己行为而倍加敬重他的民众的祝福陪伴着,回到自己的城堡里。

公爵夫人实在不曾想到自己执政后的头一件要事进行得如此顺利,接下来便着手完成她的第二项职责,即调查那些谋害她丈夫的凶手。据说当时树丛中见到了一大群黑影,为此,她正与她的首相哥德温·封·赫尔塔尔一块儿在查看那支结果了她丈夫性命的利箭。可是他俩看来看去,也找不到一点能说明它的主人是谁的特征,而仅仅有一点使他们感到惊讶:这支箭竟造得如此精巧、华丽。箭尾上插着硬扎、卷曲而富有光泽的羽毛;箭杆细长、坚挺,由黑色胡桃木车制而成;箭头上包着亮锃锃的黄铜,仅在锋利得跟鱼刺似的箭头上才用了钢。这样一支宝箭,显然是某一位富有、显赫的贵族的兵器库中的东西,他若非卷入了械斗,就一定是一位伟大的狩猎爱好者。他们久久地查看着,忽然发现箭头上镂刻着一个年号,从而断定这支箭是前不久才制成的。公爵夫人于是接受首相的建议,派人带着它和盖了公爵印鉴的文书,遍访德意志国境内的所有工场,寻找车制它的制弩师,倘使找到了,就向他打听制这支箭的主顾的名字。

五个月过去了,终于从斯特拉斯堡的一位制弩师处,给受命全权调查这件事的哥德温首相送来了消息,说三年以前,他是为红胡子雅各布伯爵制造了一批这样的箭,以及一只与之相配的箭袋。哥德温首相对此消息深感意外,因此有好几个礼拜都秘而不宣。这一方面因为,他尽管知道伯爵在生活上放纵不羁,却自信太了解他那高尚的心地,绝对不能想象他竟干得出谋杀兄长这样的卑劣勾当;另一方面因为,他尽管知道公爵夫人有许多优点,却太不了解她为人是否公正,以至于在这件与她的死敌性命攸关的事情上,他就不能不格外谨慎小心。这期间,他又循着这一叫他感到惊异的线索,进行了另外一些调查,结果却偶然地从城里的地方官口中得知,在老公爵遇害的那天夜里,平素从来不曾或者说充其量极少离开自己城堡的红胡子伯爵却不知到何处去了。这一来,他才感到自己有责任揭开秘密,便在紧接着举行的一次国务会议上,把由两个事实所构成的对于公爵夫人的小叔红胡子雅各布伯爵的令人惊异的怀疑,一五一十地向她做了禀报。

公爵夫人本来深感庆幸的是能与自己的小叔子友善相处,比对什么都更加害怕的是有欠考虑的举止会使生性敏感的伯爵受到刺激。因此,她在听首相说出自己的怀疑时,丝毫未流露出喜悦的神色,这令首相非常意外。相反,在仔仔细细把那些文书读了两遍以后,她倒明显地表现得不高兴,说万不该把这样一件捕风捉影、影响严重的事件,拿到国务会议上来公开议论。她认为,必定是产生了什么误会或者有谁蓄意诽谤,并且命令,无论如何不得在法庭上使用这些证据。是的,在伯爵放弃了对于王位的继承权而理所当然地深得民众的爱戴以至于狂热崇拜的眼下,她甚至觉得单单在国务会议上提出这件事来就极其危险。再则,她预见到城里的流言蜚语一定会传到伯爵耳边,便主动派人把这两件她称作是由于天大的误会才产生的指控文书以及有关证物,连同一封表现了真正的高尚胸襟的亲笔信,给伯爵送到城堡里去。她在信中说自己一开始就坚信伯爵是清白无辜的,因此恳求他千万别再以任何替自己的申辩去令她烦心。

伯爵正与自己的一班朋友欢聚饮宴,一见替公爵夫人送信的骑士跨进大厅,便很有礼貌地从座位上站了起来。朋友们从旁打量着那位不肯就座的威仪不凡的使者,伯爵则赶快走到窗前去读信。可一当他把信读完,脸色随即大变,一边把文书递给自己的朋友们,一边说:"瞧啊,兄弟们!多么可耻,竟然捏造出是我谋害了自己哥哥的指控!"

说着,他目光灼灼地从骑士手里接过那支箭,掩饰着内心的慌乱,对不安地围上来的朋友们补充道,这件利器的确是他的,还说他在圣雷米吉乌斯节之夜离开了城堡也符合事实!朋友们纷纷诅咒这一卑鄙下流的阴谋诡计,反过来怀疑那些指控伯爵的无耻之徒本身才是杀害老公爵的凶手,对于站出来替自己的主子公爵夫人进行辩护的使者,他们眼看着就要施以非礼。这当儿伯爵已把文书从头至尾重新读了一遍,突然又走到他们中间来,高声喝道:"静一静,朋友们!"他同时操起插在屋角上的宝剑,把它递给送信的骑士说,他甘愿束手就擒!骑士莫名其妙地问,他是不是说的真话?是不是承认首相提出的两点指控确系事实?伯爵连声回答:"是的!是的!是的!"

接着,他希望能免去对于他的不必要的烦扰,让他径直到一个由公爵夫人正式建立的法庭上去证明自己无罪。朋友们对他的这一表示极为不满，纷纷开导他，说在当前的情况下至少是必须去向帝国皇帝本人进行申诉，而不能相信任何其他人。谁知伯爵的想法却变得异常古怪，说他相信公爵夫人的正直，因此坚持要到公国的法庭上去接受审判，说着便从抱住他的朋友们的胳膊中挣脱出来，跑到窗口去叫用人替他备马，声言打算立刻让送信来的使者将他押解回去。临了儿，朋友们只好强行拦住他，使他终于接受了他们的建议，也就是以他们全体的名义给公爵夫人写一封信，要求她给予伯爵以任何骑士在这种情况下都可以享有的权利，即让他保持人身自由。而他们愿为此交付两万马克给公爵夫人作押金，以保证伯爵到她所设立的法庭接受审判，并且服从法庭对他的一切判决。

鉴于目前民众中对伯爵受到指控的原因已传出种种讨厌的谣言，在接到这封既出乎她的意料又令她迷惑不解的书信以后，公爵夫人就认定最可取的办法莫过于她本人完全退到一旁，而把整个争端提交给帝国皇帝去处理。她接受首相建议，把与案件有关的全部文件都派人送到皇上那里，请求皇上以帝国首脑的身份，将她自己也作为当事人牵连进去了的这一案件的调查处理接过去。其时皇上正好在巴塞尔参加与瑞士联邦进行的谈判，便同意了公爵夫人的请求。他就地设立起一个由三名伯爵、十二名骑士和两名陪审官组成的法庭，并根据红胡子雅各布伯爵朋友们的提议，在他们交付两万马克的押金后给予伯爵以行动的自由，同时要求他自行前往接受上面提到过的法庭的审讯，向法庭解释清楚人家对他提出的两个疑点，即那支据他承认是他所有的利箭，怎么会落到了凶手手里，以及在圣雷米吉乌斯节的晚上他究竟到什么地方去了。

于是在五旬节后的礼拜一，红胡子雅各布伯爵就按照要求，在一队穿着盛装的骑士的护送下，出现在巴塞尔的法庭上。他在那儿避而不答第一个他称作完全无法解释的问题，只针对第二个对于弄清案情有决定意义的问题，这么说道：

"高贵的先生们！"他一边开口讲一边把双手撑在被告席前的栏杆上，忽闪着他那双在淡红色睫毛隐蔽下的小眼睛，把在场的人扫视了一通，"尽管我已经用足够的事实表明，对于王冠和权杖我都满不在乎，诸位还是指控我冒天下之大不韪，谋害了那位我确实没有太多好感但仍然十分敬爱的亲兄长。你们据以提出指控的理由之一是，我在那件罪行发生的圣雷米吉乌斯节的晚上一反常态，离开城堡上别的什么地方去了。本来，一名骑士对于一位私下给予他眷顾的夫人的名誉负有多大的责任，这在我是太清楚不过啦；真的，要不是像晴天霹雳似的降到我头上来的这个飞来横祸的话，我就让秘密永远长眠在自己的胸中，同我一块儿死去，一块儿化为尘土，直到天使吹响末日审判的大号角，墓穴应声张开，它和我才在上帝面前一块儿复活过来。可是，皇帝陛下通过各位之口向我提出的那个问题，正如你们自己也必定清楚的，却叫我一切都没法顾及，没法考虑了；既然你们想知道，为什么说我亲自或者间接参加了对自己兄长的谋杀都是既不现实，甚至也不可能，那么我就告诉你们,在谋杀发生的圣雷米吉乌斯节的夜里,我与温弗里德·封·布莱达区长美丽的千金,十分眷爱鄙人的维蒂布·莉特茹德·封·奥埃施泰因夫人秘密幽会去啦。"

说到维蒂布·莉特茹德·封·奥埃施泰因夫人,读者就必须知道,她在遭到刚才的诋毁的一瞬之前,在整个公国中既是最美貌的女子,德行操守方面也最高洁,最无可指摘。自从她的丈夫,宫廷总管封·奥埃施泰因在他们婚后不几个月就患寒热病去世,她便回到自己父亲的城堡里,一直深居简出,过着安静的生活。只是因为父亲希望看见她重新婚配,她才勉强从命,时不时去参加一下邻近一带的骑士们所组织的游猎活动和宴会。举办此类活动最多的又推红胡子雅各布伯爵。每当这种时候,公国内一些最高贵、最富豪的家族的爵爷和公子哥们便纷纷赶来,趁机向她献殷勤,弗里德里希·封·特洛塔侍卫长则是这些人中最为忠心耿耿和一往情深的一位。一次打猎时,他曾经在一头受伤的野猪向她猛冲过来的危急关头,勇敢地救了她的命。直到眼下,尽管她父亲一再催促,她仍下不了决心将自己许配给侍卫长,原因是她担心这样一来,会使她那两位觊觎她的遗产的哥哥不开心。是的,当她那已经和邻近一位富家小姐结婚的大哥鲁道夫,在婚后无儿无女地过了三年才终于生下一个传宗接代的苗子时,一家人都喜出望外。而她呢,却在一些或明或暗的表白的推动下,泪水长流地给自己的朋友弗里德里希侍卫长写了一封信,郑重其事地向他道别。信中写道,为了维护家庭的和睦,她将接受她兄长的建议,到莱茵河畔离她父亲城堡不远的一座修女院当院长。

然而正当计划提交到斯特拉斯堡的大主教那儿审查、事情眼看就要办成的时候，温弗里德·封·布莱达区长却收到由皇上组织的法庭送来的公文，指控他的女儿莉特茄德做了伤风败俗的丑事，要求他把女儿送到巴塞尔的法庭上去，与雅各布伯爵对质。公文里详细地列举了雅各布伯爵自称与莉特茄德秘密幽会的时间和地点，甚至还送了一只莉特茄德的亡夫的戒指来。雅各布伯爵一口咬定，这只戒指是他与莉特茄德过夜以后，在分别的时刻从她手里得到的纪念品。文书送到的那天，年老体衰的温弗里德区长本已生了重病，正由女儿搀扶着，焦躁不安地在屋子里脚步蹒跚地踱来踱去，心里明白自己的大限就快到了。因此一读完那可怕的指控，老人当即中了风，文书从指头间滑脱，手脚一摊便摔倒在地上。在场的两兄弟惊慌失措，急忙把他从地上扶起，同时叫来住在旁边一幢楼里专门护理他的那位大夫，然而用尽一切办法抢救仍旧无效。当莉特茄德夫人还人事不省地躺在女仆们的怀中时，父亲却已经一命呜呼。等她醒过来，她再也不能为洗刷自己的名誉对他讲点什么了，要获得最后的哪怕是虽苦犹甜的安慰，也是不可能了。至于两位兄长对这无法弥补的不幸的惊恐，以及他们对于人家指控妹妹所干的丑事的愤怒，都简直无法形容；前者是后者引起的，而且很遗憾，那件丑事又太有可能了。因为他们知道得十分清楚，在整个已经过去的夏天里红胡子雅各布的确是极力在向她献殷勤，有不少次游猎和宴会纯粹是为她而举行的。他还让她在应邀来参加聚会的所有妇女中一个人大出风头，那做法当时已叫他们觉得反感。是的，他们还想起，正是在所说的圣雷米吉乌斯节前后，莉特茄德声称在一次散步时把丈夫留给自己的戒指丢失了，可现在却奇怪地出现在雅各布伯爵的手中。所以，哥儿俩一秒钟也不曾怀疑伯爵在法庭上所提出的证词的真实性。这当儿仆妇们哭哭啼啼地抬走了老主人的尸体，莉特茄德则抱着两位兄长的膝头，恳求他们稍稍听一听她的申诉。鲁道夫火冒三丈地扭过头来冲着她问，她能找出一个证人来证明人家是冤枉她吗？她哭泣着哆哆嗦嗦地回答，除了自己一生的清白无瑕外，她很遗憾再也提不出别的证明了，因为那天晚上她的侍女不在她卧室中，正好去探望自己的父母了。鲁道夫一听这话立刻用脚蹬开她，跑到墙边去拔出宝剑，暴跳如雷地对她发出命令，要她马上滚出家门和城堡，边嚷边唤来狗群和奴仆赶她。莉特茄德从地上站起来，面色苍白，忍气吞声，只求兄长至少给她必要的时间做动身的准备。可是鲁道夫不予回答，只气急败坏地一个劲儿吼着："快滚！快滚出去！"以至他自己的老婆走上来求情，希望他心肠放软一点，他也根本不听，反倒给她一剑柄，打得她鲜血直流，倒在地上。可怜的莉特茄德几乎跟死人似的离开房间，在粗鄙的仆妇们的围观下跟跟跄跄经过庭院，向着大门走去。到了门边，鲁道夫派人扔给她一包衣服，外加一点点零用钱，他本人则站在后边对她谩骂和诅咒，等她一出去便亲手关上了大门。

如此突如其来地从晴朗无云的幸福的高空跌落到不可测知的痛苦的深渊里，这实在非一个可怜的妇人所能忍受得了。她求告无门，只好扶着石栏杆，身子摇晃着循着下山的小路走去，以便在即将降临的黑夜里找到一个存身之处。可是还没走到坐落在谷地里的小村子的村口,她已精疲力竭,晕倒在地。她于是暂时放下了尘世间的一切痛苦,昏昏沉沉地躺着。她躺了大约一小时才苏醒转来,发现大地已完全被夜幕笼罩住,围着她的是一群当地的富于同情心的居民。原来一个在山坡上玩耍的男孩发现了她,跑回家去向父母报告了这一非常稀罕的情况。村里的人都曾经受过莉特茄德的恩惠,一听她落到这步田地都很难过,跟着便赶来尽一切努力对她进行抢救。在众人帮助下她很快恢复过来,回头望见那大门紧闭的城堡,又记起了所发生的一切。可是她不接受两个妇女要送她回城堡去的建议,只请求人们替她找一名向导,陪伴她继续赶路。人们想使她明白她目前这个样子是无法旅行的,但是白费口舌;莉特茄德借口自己的生命有危险,坚持要马上离开在城堡管辖下的地区。是的,当围着她的人越聚越多,却不准备给她以所需要的帮助时,她甚至鼓足劲儿要挣脱众人的阻拦,不顾夜色的黑暗一个人上路去。人们无可奈何,再说也担心她真有个三长两短老爷们会怪罪下来,便只好满足她的愿望,为她弄来一辆马车,一再询问她到底想上哪儿去以后,车子才载着她驶向巴塞尔。

车子驶出村口,她定下神来考虑了一下眼前的种种情况,又突然改变主意,吩咐车夫拨转马头,向着离此只有几里远的特洛塔家的城堡赶去。她清楚地感觉到,面对着像红胡子雅各布伯爵这么一个敌人,她毫无帮手地到巴塞尔的法庭上去对质是没有希望的。而且在她看来,眼下除去她那勇敢的朋友,除去她十分清楚地知道仍然一往情深地爱着自己的善良的侍卫长弗里德里希·封·特洛塔以外，再没有谁更配得到她的信任，更配被她召唤出来捍卫她的荣誉了。当她精疲力竭地赶到目的地时已近午夜，然而城堡里仍然亮着灯光。她吩咐迎上来的一个仆人去通报主人说她到了，可是不等仆人完成自己的使命，弗里德里希的两位妹妹贝尔塔和库妮贡德小姐已经走出大门来。她俩碰巧正在楼下的前厅里料理家务。莉特茄德是她俩的好朋友，她们一边扶她下车，一边高高兴兴地向她问好，对她的深夜造访虽然有些纳闷，却仍马上领她上楼，到她们哥哥的房间去。侍卫长正坐在写字桌旁，埋头于一大堆宗卷中。他听见身后的衣裙声，回头一眼就瞧见莉特茄德夫人站在自己背后。她面色惨白，形容憔悴，一副完全绝望的模样，膝头一软就跪到了地上，弗里德里希侍卫长此刻所感到的惊愕又有谁能够描写啊。

"我最最亲爱的莉特茄德！"他口里呼唤着，蓦地离开座位，连忙从地上把她扶起来，"你这是怎么啦？"

莉特茄德坐到一张圈椅里，然后向他诉说发生的事情：红胡子雅各布伯爵为了洗刷自己谋害公爵的嫌疑，在巴塞尔的法庭上对她进行了何等卑鄙的诬陷；她本已身患生重病的老父亲如何一得到通知就立刻中了风，几分钟后便在儿子们的怀里魂归九天；她的两个哥哥如何怒不可遏，丝毫不容她辩解分说就加给她种种最可怕的虐待，最后简直把她像个罪人似的逐出了家门。她请求弗里德里希侍卫长派合适的人送她前往巴塞尔，在那儿替她找一位律师，让这位律师在她到皇上召集的法庭上去辩冤时帮助她，向她提出明智而慎重的建议。她说，就算从自称获得她青睐的是一个她从未见过的巴息人①或波斯人嘴里听见那样的话，也不会比从红胡子雅各布口中听见更叫她感到意外；这家伙名声既坏，样子又丑，她一直都打心眼儿里厌恶他，在夏天举行的宴会上他放肆地向她讲了一些讨好的话，而她总是十分冷淡和轻蔑地给顶了回去。

"行啦，我亲爱的莉特茄德！"弗里德里希激动地抓起她的手来吻着，大声道，"别再讲任何一句替自己辩解的话了！你是清白的，在我的心中有一个声音这样告诉我。它可比你的一切保证，甚至比你可能在巴塞尔的法庭上提出的一切推理和证明，都更加响亮，更加具有说服力。既然你的两位蛮横无理、心胸狭隘的兄长离开了你，那就把我当作你的朋友和哥哥吧，请你让我获得给你充当辩护人的荣幸。我决心要在法庭上和全世界的面前，重新让你的名声大放光彩。"

这一席真诚高尚的话把莉特茄德感动得热泪长流，使她心里充满了感激。接着，他就把她领到已经退回卧室中的母亲海伦娜夫人那儿去，把她当作一位贵客介绍给一见就挺喜欢她的老太太，说她是因为在家里闹了别扭才决定要在他的城堡里暂住一些时候。主人于是连夜就在自己宽大的邸宅给她腾了一头出来，从两位小姐贮备的外衣内衣中搬来一大堆，装到她房内的柜子里，而且按照她的身份，给她指派了一些既规矩又体面的用人和使

---

① 古代波斯的一个游牧民族。

女。到了第三天,弗里德里希·封·特洛塔已经在为数众多的骑士和侍童的陪伴下,行进在通往巴塞尔的大道上了。但是对于自己打算向法庭怎样提出证明的问题,他却一言未发。

这期间,莉特茹德的两个哥哥已经给巴塞尔的法庭送去一封报告城堡里发生的事件的信,在信中不知是因为当真以为自己的妹妹干了坏事呢,或是出于别的什么想毁掉她的动机,总之都把这可怜的女子说成一名地道的罪人,要求对她依法严惩。最低限度,他们是卑鄙地歪曲事实,把她被赶出城堡说成为自行潜逃,谎称一当他们对她进行愤怒谴责,她便在连一句替自己辩护的话也讲不出来的情况下离开了城堡。他们还硬说他们后来四处寻找她都不见下落,因此相信她眼下一定又姘上了另一个亡命之徒,跟着他在世界上东游西荡,丧尽廉耻。同时,为了挽救已经遭到玷污的家庭的名声,他们建议将她从布莱达家族的宗谱上除名。而且,他们拐弯抹角地推演出某些法律依据,要求法庭明白宣布剥夺她继承让她所干丑事给气死的父亲的遗产的权利,作为对她那些闻所未闻的罪行的惩罚。然而巴塞尔的法官们很难满足这个愿望,因为它压根儿不属于他们的权力范围。只不过,雅各布伯爵在得到消息时对莉特茹德的遭遇明显地表现出极大的关心,据了解还秘密派出一些骑士去寻找她,准备把她接到自己的城堡中去住,这一情况却打消了法庭对他供词的真实性的所有怀疑,做出决定立即撤销加给他的谋害公爵的指控。是的,他在这一困难时刻对不幸的莉特茹德表现的关怀,甚至给了那些对他的好感已经十分动摇的民众的态度一个极有利的影响。大家都原谅了他出卖自己真诚的情人这一他们从未同意过的行为,相信他确实是在关系着生命和荣誉本身的特殊而危急的情况下,出于无奈,才不顾一切地供出了在圣雷米吉乌斯节夜里干的那件事。随后就根据皇上的明确指示,把红胡子雅各布伯爵重新传到法庭上,准备郑重其事地当众宣布,对他已不存在参与谋杀公爵的嫌疑。这当儿,审判官已经在发出回响的法庭中读完布莱达的两位爵爷的来信,法庭正做好准备,要正式宣布恢复站在一旁的被告的名誉了,谁知弗里德里希·封·特洛塔侍卫长却突然大步跨到被告席前,以每个不偏不倚的听众都享有的权利,请求法庭让他看一看信。在场所有人的目光全集中到他身上,法庭也同意了他的请求;可是弗里德里希侍卫长一从审判官手中接过那信,匆匆瞟了一眼,就从上到下将它一撕两半,然后连同卷在一起的手套扔到红胡子雅各布脸上①,并且骂他是一个卑鄙下流的诽谤者,说自己决心已定,为了证明莉特茹德夫人与伯爵指责她干的那件丑事毫无干系,不惜冒着生命危险,要与他当众决斗,接受上帝的裁判!

红胡子雅各布伯爵拾起手套,脸色苍白地回答:"我相信上帝会做出公正的判决,因此也肯定能在正大光明的骑士式的决斗中,向你证明我不得已而讲的那些关于莉特茹德的话却是真实的!各位高贵的大人,"他转而请求法官,"请你们把弗里德里希爵士提出的要求禀明陛下,求陛下确定我们交锋的时间和地点,

---

① 把手套掷向对方,是要求与对方决斗的表示。拾起手套则表示接受挑战。

以便我们能以自己手中的宝剑解决这个争端!"

这一来法官们只好宣布休庭,派出专使去向皇上报告发生的事。由于弗里德里希侍卫长作为莉特茹德的辩护人登场,原本相信雅各布伯爵是无辜的皇上也给弄糊涂了。他按照法律的规定,把莉特茹德夫人也召到巴塞尔,让她出席观看决斗,然后定下圣玛格莉达节和巴塞尔的皇宫广场为时间地点,让弗里德里希侍卫长和红胡子雅各布伯爵当着莉特茹德夫人的面交锋,从而揭开包裹着整个事件的疑团。

依此决定,在巴塞尔皇宫前的广场上搭起了高高低低的看台。圣玛格莉达节的那天中午,当太阳正爬到城里教堂钟楼的顶上时,看台上已经是人山人海,人头攒动。只听传令官从裁判团的高台上三声令下,两位从头到脚保护在闪闪发亮的铁甲中的骑士便大步跨进比武场内,准备为各自的目的决一死战。在后边皇宫前面的高高的石阶上,聚集着整个施瓦本和瑞士的几乎所有骑士;在皇宫的阳台上,则坐着皇上本人,以及他的皇后、亲王、郡主、公主和王子等,周围还有无数的大臣和侍从。按照古老的风俗,莉特茹德夫人被安排坐在比武场栅栏里边的一个高台上。趁决斗尚未开始,裁判官还在为比武双方确定谁站哪一方的时候,陪莉特茹德夫人到巴塞尔来的海伦娜夫人与女儿贝尔塔和库妮贡德又一次走到栅门边,请求卫兵放她们进去,让她们再同莉特茹德夫人说句话。要知道,这个女人的立身行事尽管让人极为敬重,以至于叫你无保留地相信她讲的全是真话,可是雅各布伯爵所交出来的那只戒指,还有本来可以作为证人的她那陪房使女在圣雷米吉乌斯节之夜偏偏请假走了这一情况,却又叫母女三人忧心忡忡。她们因此决定在这千钧一发的时刻再来试探一下莉特茹德的信心,对她讲,她的良心上如果真有罪,凭武器做的神圣裁决就会使真相大白,这一来罪孽非但得不到洗涤,枉费心机,而且会亵渎上帝。莉特茹德本人呢,事实上也很有理由慎重考虑一下弗里德里希侍卫长即将为她走的那一步,因为倘使上帝的裁决不是向着她,而是向着雅各布伯爵,表明伯爵向法庭呈诉的一切都是真的,那么她自己将上火刑堆不说,她的朋友也要被烧死。她看见弗里德里希的母亲和妹妹朝自己走来,便马上从靠椅里站起,充满整个身心的哀痛使她固有的高贵的模样更加动人了。她迎上前去问她们道,在这万分危急的时刻,是什么事又使她们来到了她的身边。

"我亲爱的女儿,"海伦娜夫人拉她到自己身旁说,"你愿意免除我,免除一个在凄凉的晚年视自己的儿子为唯一安慰的母亲不得不到儿子的坟头上去哭泣的痛苦么?你愿意在决斗还未开始之前接受丰厚的馈赠,坐上一辆马车,到我们一座在莱茵河彼岸的给你以盛情接待的庄园里去,成为这座庄园的新主人么?"

莉特茹德一当明白这几句话的全部含意,脸色顿时变得苍白了,两眼呆呆地望了海伦娜夫人的面孔好一会儿,然后屈一膝跪倒在她跟前。

"最最可敬、高贵的夫人呵!"她说,"您担心上帝在决定命运的时刻会抛弃我这个无辜者,是来自您的高尚的儿子的心中吧?"

"为什么？"海伦娜夫人问。

"因为我在这种情况下就要恳求他，与其是用一只信心不足的手去挥舞宝剑，不如干脆别动宝剑，不管用何种借口都可以，干脆从比武场退下来算啦；对于我呢，则用不着有什么怜悯同情，我丝毫不会接受这样的怜悯同情，让我自己听天由命吧！"

"不！"海伦娜夫人着急地说，"他压根儿不知道这事。他在法庭上许下了为你的事而战斗的诺言，事到临头是绝不会想到再来向你提这样的建议的。他坚信你的清白，你不是看见他已面对着你的敌人，做好战斗的准备？这个建议是我们，我和我的女儿们在千钧一发的时刻，在权衡了所有的利害得失后想出来的，以避免发生不幸。"

"要这样，"莉特茹德夫人抓起老太太的手来热烈吻着，泪水沾湿了她这手，说道，"就让他实践自己的诺言好啦。我的良心完全清白，他即使不穿盔甲下比武场，上帝和所有天使也会保佑他安然无恙！"说着她就从地上站起来，领着海伦娜夫人母女到她坐的靠椅后边的看台上就座。

接下来，皇上一挥手，传令官就吹响号角。两位骑士于是手执宝剑盾牌，相对冲杀上去。弗里德里希侍卫长头一剑就刺中雅各布伯爵，用那并不很长的宝剑的剑尖在盔甲接榫的腕关节处伤了他。只见伯爵吓得往后一跳，看看伤口，虽然鲜血直流，却只划破了一块表皮。高台上的骑士对伯爵的笨拙动作随即发出一阵抱怨，他于是重新冲将过去，跟完全没受伤似的鼓起新的勇气继续进行厮杀。这一下两位勇士才打得难解难分，犹如两股暴风相遇，两堆乌云相撞，咆哮怒吼，电闪雷鸣，你来我往，惊天动地。弗里德里希执着宝剑盾牌，两脚像生了根似的稳稳站在比武场中。场内揭去铺盖的石块后故意捣松的泥土埋住他的双脚，一直埋到他皮靴上的马刺乃至小腿。矮小灵活的伯爵狡猾地前后左右向他发起进攻，一剑一剑击向他的脑袋和胸部，却全都让他招架开了。连同两人不得不停下来喘气的时间在内，决斗已经持续将近一个小时，这当儿挤在看台上的观众重又嚷嚷开了。看来这次不是对雅各布伯爵表示不满，他急于分个胜负，杀得十分卖力，而是抱怨死守在一个地方的弗里德里希侍卫长，奇怪他竟像吓坏了似的全然不敢进攻。尽管他采取这种保守的战术有着充分的理由，但是对此并不非常自觉，因此一当对他的名誉有决定影响的人们一提出要求，他就把自己的战术放弃了。他勇敢地一步跨出一开始就选定的立足点，离开围绕在他脚边的天然保护，使足力气照准对方的脑袋上连连猛劈下去。雅各布眼看体力已经不支，但却灵活地闪躲到一旁，用盾牌抵住了他的剑。然而刚刚一改成这样的战法，弗里德里希侍卫长却发生了恐怕连此刻正在天上控制这场格斗的神祇也无法解释的不幸：只见他的脚被马刺一挂，人就朝旁边一个踉跄，膝头一软跪倒下去，只好用一只手支撑住穿着盔甲的沉重的身体。谁知红胡子雅各布伯爵却全然抛掉骑士的高贵风度，趁机给他暴露出来的腰间一剑。弗里德里希痛得大叫一声，猛地从地上跳起。头盔尽管挡住了他的视线，他仍迅速转过脸去朝着自己的对手，做出继续战斗的架势，然而他的身体已经痛得伛偻下去，不得不用剑支撑着，眼睛周围已是一片昏黑。雅各布伯爵却赶紧又冲他心窝底下一点点连刺两剑，这之后他才一下倒到地上，身上裹着的盔甲摔得哗啦啦响，剑和盾牌也掉在了旁边。雅各布伯爵这才把自己的兵器朝边上一摆，在三通喇叭声中，用脚踏住战败者的胸口。这当儿以皇上本人为首的全体观众都发出阵阵惊惧和同情的呼声，纷纷从座位上站立起来，海伦娜夫人则领着两个女儿，扑向她那仍在尘埃和血泊中痛得乱滚的心爱的儿子。

"啊，我的弗里德里希！"她狂叫着，跪在他头边。

这当儿莉特茄德夫人已经昏倒在她的看台上，人事不省，被两个卫兵从地上拖起来，抬进监狱里去了。

"好个无耻的女人啊，"老太太骂起来，"上帝诅咒她，既明明知道自己有罪，却竟敢叫最亲密、最高贵的朋友拿起武器参加不义的决斗，为她去争取上帝的袒护！"说话间两位妹妹已替哥哥脱掉盔甲，老太太就从地上抱起自己的爱儿，一边连声哀叹，一边想法替他止住从高贵的胸膛里往外涌的鲜血。然而此时两名卫兵已奉皇上的谕旨赶到，把他也作为犯人予以拘押。他们将他放到担架上，由几名医生照护着，在一大群民众的簇拥下，同样抬进了监狱。海伦娜夫人和两个女儿得到允许跟进监狱，要一直待到他死去，因为谁都不怀疑他就要死了。

谁料情况却很快表明，弗里德里希侍卫长的剑伤尽管非常接近危险而脆弱的部位，由于老天的特别安排却不是致命的。没过几天，奉命对他进行治疗的几位大夫就向家属断言，说他的命一定可以保住；岂止是保住，凭着他坚强的体魄，不出几个礼拜就将完全康复，身上也不会留下任何残疾。一当他那长时间让疼痛夺去了的意识回到脑袋里，他不停地向母亲提出的问题就是：莉特茄德夫人怎么样啦？只要一想起她被关在凄凉的监狱中，受着最可怕的绝望的折磨，他就忍不住泪水长流，接着便会抚摸着妹妹的下巴，哀求她们去探视莉特茄德夫人，给她一些安慰。海伦娜夫人让这些表现搞得惶惶不安，要他把那个无耻而下贱的女人忘掉。她说，即使雅各布伯爵在法庭指出而今又为决斗的结果昭示得清清楚楚的那桩罪行可以原谅，她这么明知自己有罪仍不惜使她的最高贵的朋友遭致毁灭，像个清白无辜的人似的要求得到上帝的神圣裁决的无耻和狂妄行径，却不可饶恕。

"唉，妈妈，"侍卫长回答，"在哪儿又有这样一个人，他能够并敢于解释上帝对我们的决斗所做的神秘裁判哟，倘使他不是所有时代的智慧的化身？"

"怎么？"海伦娜夫人惊呼，"难道上帝这次裁判的意义对你还不清楚么？难道你不是明明白白、确确实实地败在了自己对手的剑下吗？"

"就算是吧！"弗里德里希侍卫长回答，"我是在一瞬间败给了他，可我已经让他给制服了么？我不是还活着？不是像得到上天的保护一样，重新生气蓬勃，也许过不了几天又已经带着两倍甚至三倍的精力，能够继续与他进行被一点不足道的偶然不幸给搅坏了的较量了么？"

"傻孩子！"母亲高声说，"根据现行法律，一次争取上帝裁决的决斗，在裁判员宣告结束后就不允许为解决同一争端重新举行。你难道不知道？"

"那又怎么样！"侍卫长不高兴地回答，"我才不理会这些人定的专横的法律！一次决斗还没进行到参加决斗的一方死去，平心静气地估量一下能够算是结束了吗？倘若我得到允许重新进行决斗，我不可以希望摆脱曾经遭到过的厄运，用宝剑从上帝那儿争得一个新的裁决，一个与现在人们狭隘而短视地认为的裁决完全不同的裁决吗？"

"尽管如此，"母亲忧心忡忡地回答，"这些你说你不予理睬的法律却威力无比。合理也罢，不合理也罢，它们都行使着上帝的权威，将使你和她像一对被人唾弃的罪犯一样，难堪地遭受严厉的惩处啊。"

"唉，"弗里德里希侍卫长长叹一声，"这正是我痛苦绝望的原因啊！有罪的判决已加在她的头上，而带给她这灾难的，恰恰是想在世人面前证明她的清白无辜的我。我失脚挂住了拴马刺的皮带，这与她的事毫不相干，也许是上帝为了要惩罚我自己心中的罪孽，却把她青春焕发的躯体送上火刑堆，使她的名声遭到永远洗不净的耻辱！"讲到最后两句时，汉子的双眼满噙痛苦的热泪。他掏出手帕，将脸冲着墙壁转了过去。海伦娜夫人和两个女儿跪倒在他床前，感动得说不出一句话，只是吻着他的手，让自己的泪水和他的热泪流淌在一处。这当儿，看守给他和家属送饭进牢房来，弗里德里希侍卫长于是问他，莉特茄德夫人眼下情况怎样。看守漫不经心地应道，她躺在一堆干草上，自从关进牢房那一天起，便没再讲一句话。一听这情况，弗里德里希侍卫长更是丢了魂似的,赶紧托看守去安慰夫人,告诉她,由于老天显灵,他眼看就要痊愈啦;并且请求她允许他,在恢复健康和得到典狱长批准后去探望她一次。谁知看守回来说,她像个精神失常的人似的躺在草堆上,什么也不听,什么也不看,他拉着她胳臂摇了又摇,才从她口里得到一个回答:不,只要她活在世上,就谁也不想再看见。是的,据说她在当天还给典狱长亲手写了一张条子,要求典狱长别让任何人去见她,侍卫长封·特洛塔尤其如此。这一来,弗里德里希对她的处境更是担心得要命,一等到自己感觉有了力气,就征得典狱长的允许,由母亲和妹妹陪着上她那儿去了。他相信她会原谅自己,因此事先也没通知她。

可是有谁能描写不幸的莉特茄德由此而产生的惊恐呵!她听见门边的响动,便半敞着胸衣,头发蓬乱地从草堆上爬起来,但一看并非她想象中的牢房看守,而是自己高尚而杰出的朋友弗里德里希,由贝尔塔和库妮贡德在两边搀扶着走进了她的囚室,面带着大病初愈的神色,模样儿是那样悲哀,那样令人怜悯。

"快出去!"莉特茄德大叫一声,猛地仰面倒在自己的草铺上,用双手捂住面孔,"要是你胸膛里还存在一丁点怜悯,就请你出去!"

"这是为什么,我最亲爱的莉特茄德?"弗里德里希侍卫长问,同时让母亲扶着走到她身边,激动得无法形容地向她俯下身去,想要拉她的手。

"快走呵!"她双膝跪在他跟前,哆哆嗦嗦往后退到好几步远的地方,口里嘶叫着,"别碰我,不然我会疯了的!你叫我害怕，你比熊熊燃烧的地狱火更叫我害怕哟！"

"我叫你害怕？"弗里德里希侍卫长惊诧极了，问，"我高贵的莉特茄德，你的弗里德里希做过什么错事，竟该受到这样的对待啊？"在他讲这两句话时，母亲示意库妮贡德端来一把椅子，让身子仍很虚弱的他坐下。

"呵，耶稣！"莉特茄德呼喊着，一下子俯伏在他脚下，面孔完全贴到地上，真是恐惧到了极点。"快出去吧，亲爱的，快离开我！我热烈虔诚地抱住你的膝头，用泪水洗涤你的双脚，像一条在你面前的尘埃中蠕动的虫子似的哀求你，只求你我的主宰、我的老爷可怜可怜我：离开我的牢房，这就离开，马上离开！"

弗里德里希呆呆地站在她面前，受到了极大的震动。

"看见我真叫你这么不高兴吗，莉特茄德？"他严肃地低头望着她问。

"非常不高兴，简直受不了，比死还难受！"她用手捂着脸，在他脚下绝望透顶地回答，"我宁可去下地狱，宁可去看地狱中所有恐怖可怕的景象，也不愿见你那对我充满着温情和爱慕的脸，青春焕发的脸！"

"天上的主呵！"侍卫长惊呼，"您如此悔恨无地，痛不欲生，我该想些什么呢？不幸的人呵，难道神的裁决道出了真情，你的的确确犯过雅各布伯爵在法庭所指出来的那桩罪么？"

"犯过罪过，罪大恶极，卑鄙下贱，永远永远为人诅咒，遭人唾弃！"莉特茄德像个疯子似的拼命捶打自己胸口，高声大叫,"上帝是公正的,欺骗不了的;走吧,我的神经快错乱了,我已精疲力竭。让我一个人独自在这儿痛苦绝望吧!"

听她这么一讲,弗里德里希侍卫长立刻昏厥过去。在莉特茄德用纱巾裹着头,完全旁若无人地躺回到草堆上去的同时,贝尔塔和库妮贡德却哭喊着扑到自己失去了知觉的哥哥身上,想要让他苏醒过来。

"你这该受诅咒的女人!"当侍卫长重新睁开眼睛时,他母亲大声冲着莉特茄德道,"你该一辈子痛苦悔恨,一辈子遭受诅咒,死后进了坟墓仍然万劫不复。倒不是因为你刚才承认的那桩罪孽,而是为了你毫无心肝,毫无人性,竟在把我无辜的儿子毁掉以前死不承认有罪!我这个傻女人呵!"她满脸鄙夷地转过身,继续说道:"要是在开始进行神的裁判前,我能听听此地那所圣奥古斯丁修道院院长的话就好啦!雅各布伯爵为准备迎接决定自己命运的时刻,曾在他那儿虔诚地忏悔过。他为领取圣体,先对院长起了誓,保证自己在法庭上所讲的关于这个坏婆娘的一切都是真的。他向院长描述了当夜幕降临时,她是在怎样的一道花园小门边如约等候和迎接他的,然后她如何避开守夜人,又将他领进了无人居住的城堡塔楼中的怎样一间侧室,以及他们随即在上边无耻苟合的豪华舒适的罩着华盖的床铺,像个什么样子!须知在忏悔时起的誓是不会有任何谎话的呀。我这个糊涂老婆子,我只要在决斗爆发前一刹那对儿子讲一讲,就可以使他睁开眼睛,马上战栗着从他面临的深渊往后退。"海伦娜夫人温柔地搂住自己的儿子,在他的额头上亲吻一下,然后提高嗓门道:

"她不值得咱们去生气,去骂她。咱们快快离开,让她自己去受良心谴责,绝望地死去吧!"

"那个该死的坏蛋!"莉特茄德被老太太的几句话给激怒了,猛地坐起身来,把头痛苦地支在膝盖上,用手帕不住地擦着热泪,说,"我想起来了,在圣雷米吉乌斯节三天前的那个晚上,我的两位兄长和我是到他家去过。跟往常一样,那天他又为讨好我而举行一次宴会,我的父亲喜欢看见我的美貌青春受到人家赞赏,说服我在两位兄长的陪伴下应邀赴约。深夜,舞会散了,我回到替我准备的卧室,却在桌子上发现一张字条,笔迹是我所不认识的,也没有具名,内容明明白白是在向我求爱。碰巧我的两个哥哥为了跟我商量第二天回家的事,当时也在房里,而我又从来不习惯对他们保守什么秘密,在惊慌中一句话没讲就把自己刚发现的奇怪字条给他们看了。他们一眼便认出那是伯爵的手迹,直气得火冒三丈。大哥准备立刻就拿着字条去伯爵寝室找他算账,二哥却拦住他,说这样干太莽撞,因为伯爵很狡猾,没有落下自己的名字。最后哥儿俩对所受的侮辱非常气愤,当夜就带着我坐上马车,回到父亲家里,发誓从此再不进雅各布伯爵的城堡。""而这,"莉特茄德补充说,"就是我跟那个无耻下流的家伙发生过的唯一关系!"

"是吗?"侍卫长把淌满泪水的面孔转向她,说道,"你这一席话在我听来好似美妙的音乐!再讲一遍!再讲一遍!"紧接着,他便跪倒在她脚下,捧着她的双手继续道:"如此说,你没有为那个该死的坏蛋而欺骗我,你是清白无辜的,跟他在法庭上讲你那件事没有关系喽？"

"亲爱的！"莉特茄德轻声道，同时把他的手按到自己的嘴唇上。

"你是清白的吗？是清白的吗？"侍卫长大声追问。

"清白得如同新生婴儿的胸怀，如同刚做过忏悔的人的良心，如同去世的修女在圣器室中穿衣入殓的遗体！"

"呵上帝，全能的主宰，请接受我的感谢！"弗里德里希侍卫长喊叫着，抱住了她的双膝，"你的话重新给了我生命，死亡再也吓不倒我。世界刚刚还像一片无边的苦海展现在我面前，眼下又变成了一个阳光灿烂的幸福国度！"

"你这不幸的人啊，"莉特茄德一边后退，一边说，"你怎么能相信我口里讲的话呢？"

"为什么不能？"弗里德里希急得要命地问。

"傻瓜！疯子！"莉特茄德高声反问，"上帝不是已做出不利于我的判决了么？在那次倒霉的决斗中，你不是已经败在雅各布伯爵的手下，他不是已用胜利证实对我的指控了么？"

"我最亲爱的莉特茄德啊，"侍卫长喊道，"别丧失信心！让活在你胸中的感情变得跟山岩一般坚定不移，紧紧依靠着它，不要动摇，哪怕你头上的天塌下来，脚底的地陷下去！在两个搅乱我们头脑的想法中，让我们只考虑易于理解和更加清楚的一个。不要认为自己有什么罪，而宁可相信，我在为你所进行的决斗中取得了胜利！""上帝呵，我生命的主宰，"他把双手举到面前，接着说，"保佑我自己的灵魂，别让它陷入迷惘吧！我相信，就像我千真万确地希望得到永生一样,我确确实实不曾被自己对手的宝剑所制服,因为我尽管摔倒在他脚下的尘土中,可现在不是又重新站起来,获得新生了么!什么还能更清楚地显示上帝的崇高智慧?什么时候虔诚的祷告还能更加灵验?莉特茄德啊。"说着,他捧住她的手:"让我们从生到死,从死到永恒,都始终毫不动摇地坚信:你是清白无辜的。通过我为你进行的决斗,总有一天,真相将大白于天下!"

话音未落,典狱长走进牢房来了。他提醒坐在桌旁哭泣的海伦娜夫人,感情过分激动于她儿子的健康有害。这样弗里德里希侍卫长便在母亲和妹妹的劝说下回到自己牢房,不过心里感觉到已经给莉特茄德一些安慰,同时自己也获得了安慰。

这期间,由皇上召集起来的法庭已经在巴塞尔对弗里德里希·封·特洛塔侍卫长及其女友莉特茄德·封·奥埃施泰因夫人提出控告,指控他们犯了滥用神的裁决挑起决斗的大罪,并遵照现行法律判处两人在决斗的现场受刑示众。法庭派出使者向拘押在牢里的罪犯宣布了判决,倘使不是对红胡子雅各布伯爵一直心存怀疑的皇上暗暗决定要让他也到场观看的话,一等侍卫长养好伤他俩就已经给烧死啦。然而既稀罕又古怪的是,因为弗里德里希侍卫长在决斗一开始就使他受的那一丁点儿看上去微不足道的伤,雅各布伯爵却一病不起。他身上的液体状况糟糕透了[①],日复一日,周复一周,怎么医也不行,从施瓦本和瑞士一个接一个

[①] 在近代医学发达以前,欧洲人认为生病的原因是身体中的液体变坏了。

地请来名医，结果全都无能为力，治他不了。是的，一种在当时的整个医学界尚不知其所以然的化脓性溃疡在他手周围的肌肤中扩散开来，像恶瘤一样一直侵蚀到骨头。医生们迫不得已，只好截去他整个一只坏手，叫他的所有朋友都大为震惊。可是这样仍未止住继续化脓的趋势，稍后又割掉了整条胳臂。然而这种被誉为根治疗法的手术，其结果如今天的医生们显而易见的，不但没有医好他，反倒把病情搞得更加严重。眼见着他的整个身体都在化脓、腐烂、分解，大夫们便宣布他已经没救，说不等一星期过完他就得死去。在事情的这一意外转折中，圣奥古斯丁修道院那位院长相信看到了神的可怕的愤怒，便要求伯爵就自己与执政的公爵夫人之间的争端，把真情坦白出来。伯爵受到极大震动，再次领取了圣体，以保证如实忏悔一切。然后，他惶恐万状地表示，倘使他诽谤了莉特茄德夫人，他就甘愿让自己的灵魂永远下地狱。这一来，尽管他一生放荡无行，人们还是有双重理由相信他这次吐露的是真情：一是因为，病人的样子事实上看得出来相当虔诚，在这样的时刻是不可能再发伪誓的；二是因为，他自称贿赂收买过封·布莱达家的守门人，使守门人放他进了城堡，人们于是对受贿者进行审问，结果也得到肯定的回答，说伯爵所讲的情况属实，圣雷米吉乌斯节那天晚上他的确在布莱达家的城堡里。根据这些情况修道院院长再得不出其他结论，只好推想伯爵本人是受了某个第三者的欺骗；而不幸的雅各布在听到侍卫长奇迹般地康复的消息时，自己也产生了这样一个可怕的疑心，并且在生命结束之前，绝望地看见这个疑心完全得到证实。

原来是在看上莉特茹德夫人以前,雅各布伯爵老早就跟夫人的贴身侍女罗莎琳勾搭上了。每次她的主人到伯爵的城堡做客,这个轻浮的不知廉耻的丫头都差不多要去他房里过夜。在知道莉特茹德跟兄长最后上伯爵家那次时收到了他一封表示爱慕的情书后,这个数月来已被伯爵冷落一边的罗莎琳又嫉妒又生气。她紧接着在不得不陪莉特茹德回家去时赶紧冒夫人的名给伯爵留了一张字条,诡称她的两位哥哥对于伯爵的行为十分生气,她因此不能马上与他相会了。可尽管如此,她仍邀请伯爵在圣雷米吉乌斯节的夜里去她父亲城堡中看她。那位伯爵呢,对于自己冒险的成功真是喜出望外,当即就给莉特茹德写了第二封信,向她保证准时赴约,只不过为了避免差错,他请求她派一名可靠的向导过来,以便直接把他领到她的房间里。罗莎琳乃是个干这类勾当的老手,她早预料到会有这样一封信,因此成功地把信截下来,并且给伯爵回话说,莉特茹德将亲自在花园小门旁迎接他。等到了约定幽会的前一天晚上,她就借口自己姐姐病了,她想去看姐姐,向莉特茹德告假到乡下去。在得到夫人同意后,她也确实拎着一个小衣包,在黄昏时分离开城堡,让众人看见她上了去她姐姐家的乡下大道。可是她并没一直走到头,而是在夜幕降临后又以即将下暴雨为托词,折回到城堡里。她假惺惺地说自己明天一大早又要动身,为了不打扰主人起见,要求在冷清少人的城堡中随便哪间空屋里胡乱过一夜算啦。雅各布伯爵呢,也自用钱买通城堡的守门人,溜了进来,在半夜时分如约摸到花园小门边,在那儿由一个蒙着面纱的女人迎接着。如我们很容易理解的,他压根儿想不到上了圈套。那丫头匆匆吻了他一下,随即就领着他转弯抹角,在荒凉的侧院中穿过一条条甬道,爬上一道道楼梯,最后才走进塔楼里的一间十分豪华的卧室,室内的窗户早已被罗莎琳关得严严实实。在这儿她拉住伯爵的手,很神秘地把头贴在几道房门上听了又听,并且压低嗓门告诉伯爵,哥哥的寝室就在附近,所以不准出声,然后才跟他一块儿睡到旁边的床上。伯爵让她的故作姿态给蒙住了,心想自己一大把年纪还征服了这么一位美人,飘飘然地说不出有多么得意。当第二天天蒙蒙亮她打发他离开时,还在他指头上套了一枚戒指,作为已度过的良宵的纪念。这枚戒指原本是莉特茄德的丈夫送给自己妻子的,却在头一天晚上被罗莎琳蓄意偷走了。伯爵也答应一回去就把自己死去的老婆给他的结婚戒指送过来,作为给她的回赠。三天后伯爵果真实践诺言,秘密地把戒指送到了城堡里,罗莎琳又很机灵地把它截到手,可从此就不再给伯爵回音,找出种种借口回避与他第二次幽会,显然是担心他会冒更大的风险吧。又过一些时候,这丫头因为犯着重大的偷窃嫌疑,被主人家开除,遣送回自己在莱茵河畔的父母家中。可是九个月后,她的放荡行径显露出了结果,在母亲的严厉逼问下,她不得不招认雅各布伯爵乃是孩子的父亲,同时揭开了她和他私通的整个秘密。所幸的是她害怕被人当作小偷,迟疑了很久才把伯爵送给自己的戒指拿出去变卖,而这只戒指由于太值钱了,事实上也没找到任何一个乐于收购它的买家,因此她所说的是实话就没有受到任何怀疑。为了解决孩子的抚养问题,她的父母拿着显然可以作为证据的戒指,到法庭控告雅各布伯爵。法官们对在巴塞尔审理的奇案已有所闻，急忙要把这个对全案结果有重大意义的发现通知皇上召集的法庭，碰巧这时有一位议员因公前往巴塞尔，他们就把罗莎琳的供词和雅各布伯爵送给她的戒指附在一封信里，交给他带去，以解开那个使整个施瓦本和瑞士都为之骚动的可怕的谜。

皇上不知道雅各布伯爵心中产生的疑虑，觉得对弗里德里希侍卫长和莉特茹德夫人的处决再不能往后推延，便确定了行刑的日期。可偏巧就在这一天，那位议员带着信跨进了正在病床上痛苦绝望地辗转反侧的雅各布伯爵的房里。

"够啦！"伯爵读完信，接过戒指去说，"我已经厌倦尘世的生活！"他转过头来请求修道院院长："请给我叫一副担架，把我这个命在旦夕的坏蛋抬到刑场上去。临死之前，我至少也得做一件好事呵！"

院长一听大惊，赶紧满足他的愿望，让四个仆人把他抬到一副担架上；随后，在行刑的钟声已经敲响，弗里德里希和莉特茹德已经在成千上万人的围观下被绑上了柴火堆的当口，院长带着手捧耶稣受难十字架的雅各布伯爵，赶到了刑场。

"等一等！"他一边命令把担架放在皇上的看台对面，一边高呼，"别点燃那些火刑堆，先听听这个罪人对你们说些什么吧！"

"怎么？"皇上惊问，同时脸色苍白地从座位上站起来，"上帝的神圣裁决不是已证明他是正义的，难道在这以后还能想象莉特茹德并不曾犯罪吗？"说着，他就迷惑不解地下了看台，成千名骑士跟在他后边，骑士身后又跟着从看台和栅栏上翻下来的观众，一起把躺着病人的担架围个水泄不通。

"她是无罪的，"伯爵由修道院院长扶持着，从担架上坐起来，"在那极为不幸的一天，当着全体聚在此地的巴塞尔市民的面，上帝已经做出这样的判决！要知道，弗里德里希受了三处致命伤，可他正如你们所见，眼下精力充沛地活着。我呢，只被他的剑划了一下，看上去几乎连我生命的表皮也没碰伤，谁料想却可怕地慢慢向里渗透，直危及我生命的核心，我的精力就像一株被暴风给刮倒的橡树似的完蛋啦。谁要是还有什么怀疑的话，那么这儿就是证明：在圣雷米吉乌斯节的夜里接待我的是她的使女罗莎琳，我这个坏蛋色迷心窍，昏了头脑，竟以为是把一向都轻蔑地拒绝了我的她抱在怀里！"

听见这一表白，皇上也愣住了。他好半天才转过身去望着火刑堆，命令一名骑士亲自爬上去替弗里德里希侍卫长和莉特茄德夫人松绑，然后把他俩带到他跟前。其时莉特茄德夫人已经晕倒在侍卫长母亲的怀里。

当莉特茄德头发蓬乱，半敞着怀，在因奇迹般地得救而激动得膝盖哆嗦的侍卫长的搀扶下，从怀着敬畏和震惊退向两旁的人群中走近前来时，皇上不禁高呼："喏，但愿你的每根头发都得到一名天使的保护！"

两人跪倒在皇上的面前，皇上吻了他们的额头。他请皇后把自己的白鼬鼠披风给他，他接过去披在莉特茄德肩上，随后就挽着她的胳臂，在所有在场的骑士的注目下，准备领着她返回皇宫。临走前，趁弗里德里希侍卫长同样脱下囚衣，用羽饰帽和骑士服把自己装扮起来的时候，皇上又转过头去望着躺在担架上痛苦地打滚的雅各布伯爵，想到他参加决斗一举也并非有意亵渎圣明，便对他动了恻隐之心，因此问站在一旁的医生：这个不幸的人是否已经没救？

"没指望啦！"红胡子雅各布身子痛苦地抽搐着，支撑在医生怀里自己回答，"我这样死是罪有应得！虽说尘世上的正义之手已奈何我不得，可我却是谋杀我的兄长——高贵的威廉·封·布莱萨赫公爵的罪人：那个用我兵器库中的利箭射死他的刺客，是我在作案的六个礼拜之前雇用的。我原以为这么一来，王冠就可归我！"说完这几句话，他就倒到担架上，吐出最后一口气，让他那黑色的灵魂倏然离去。

"果真不出我的丈夫公爵本人所料！"站在皇上身边的公爵夫人失声叫出，她刚才也跟着皇后从看台上走下来了，"在临终的一刻，他断断续续地对我讲出了自己的猜疑，我当时还不完全理解呐！"

皇上勃然大怒，命令道："那就让他的尸体也受到正义的惩罚！拖过去，"他转身朝着旁边的士兵吼道，"马上把他交给刽子手，让他们把他烧成灰，使他遗臭万年，就因为他，刚才咱们险些让两个无辜者牺牲在火刑堆上！"

紧接着，那个坏蛋的尸体便在熊熊的火焰中烧得噼啪直响，经北风一刮更灰飞烟灭，无影无踪。与此同时，皇上却领着莉特茄德夫人，在众骑士的簇拥下，回到了宫里。他郑重宣告决定，恢复她继承被自己的哥哥贪婪地夺去的遗产的权利。没过三个礼拜，便在布莱萨赫的宫里举行了两位情侣的婚礼。公爵夫人对于事情的结局非常高兴，便把依法充公的雅各布伯爵的财产的一大部分，赠给莉特茹德作陪嫁。皇上呢，则于他们婚后赐给弗里德里希侍卫长一条金项链，以示恩宠。随后，一当结束在巴塞尔的国事回到沃尔姆斯都城，他便在关于决斗这一所谓神的裁判的规定里，对凡是写着通过决斗就能直接辨明是非的地方，统统都加上了这么一句："倘使上帝乐意的话。"

侯爵夫人封·O

在上意大利的一座重要城市M，有一位寡居的侯爵夫人封·O。她素来享有行为端正的美名，而且已是一对教养得很好的孩子的母亲，可突然在一些报纸上登出启事，说连她自己也不知道怎么竟一下子有了身孕，希望她即将分娩的孩子的父亲能自己站出来，考虑到对家庭的影响，她打定主意和他结婚。这位迫于既成事实而如此果断地采取了上述极不寻常的、定会招来世人非议的行动的夫人，乃是M城的要塞司令官封·G先生的小姐。大概在三年前，她便失去了自己衷心眷爱的丈夫封·O侯爵。侯爵当时是去巴黎料理一些家庭事务，不幸死在旅途中的。侯爵去世后，她就应自己母亲的要求，离开在此之前一直居住的在V城附近的庄园，带着她的一对儿女，搬回到她父亲要塞司令官的邸宅里来了。往后的一些年，她把精力放在搞艺术、读书、教育子女和侍奉双亲上，深居简出，直到后来突然爆发战争，附近一带挤满了几乎所有大国的军队，其中也包括俄国的军队。封·G上校接到保卫地方的命令，因此要求夫人和女儿离开城市，要么回到女儿的旧居暂住，要么避到他儿子在V城附近的庄园里去。可是,当两位女人把在这儿的要塞中可能遭到的困厄和在那边的乡下可能经受的惊恐放在天平上"称"来"称"去、尚未来得及决定取舍时,要塞已被俄国军队包围,并被勒令投降。上校于是向自己的家眷宣告,他现在只好权当她们不在眼前,用枪炮的射击代替给敌人的回答。敌人反过来也猛烈轰击要塞,纵火焚烧仓库,占据了一座外堡。当要塞司令官还在犹豫是否接受再次提出的投降要求时,敌人已下令发起夜间袭击,一举攻陷了城堡。

就在俄军在榴弹炮的猛烈射击掩护下涌进城来的当口,城防司令官邸宅的左翼一下子着了火,逼得女眷们仓皇外逃。司令官夫人追赶着手牵两个孩子从楼梯上跑下来的女儿,嘴里大声嚷着叫大伙儿不要走散,都逃进地下室去。可就在这一刹那,一颗炮弹在房子里开了花,里边便更加乱成一团。侯爵夫人牵着两个孩子奔到住宅前的广场上,碰上那里正进行着激烈战斗,枪弹曳着光在夜空中飞来飞去,吓得她失魂落魄,不知往哪儿逃好,又退回到正在燃烧的住宅中。不幸,她在溜进门的当儿,迎面撞着一群敌人的狙击兵。大兵们一看见她,突然都悄没声儿了,随后却把枪往肩上一挎,一边打着下流的手势,一边就来抓她。她被那一群相互争斗着的兽兵们拉过来,拽过去,口里大声呼救,但是没有用,她那些浑身哆嗦着逃回屋去的女仆谁也不来救她。兽兵们把她拖进邸宅的后院,她在受到百般凌辱下正要晕倒在地的当口,突然出现一个俄国军官,举着愤怒的刀剑一阵乱砍,赶跑了那一群色迷心窍的畜生。这位听见侯爵夫人惨叫赶来的俄国军官,在她简直就是一个从天而降的天使。他还用剑柄朝那搂住侯爵夫人苗条身躯不放的最后一名兽兵猛揍一下，揍得这小子口冒鲜血，踉跄后退。然后他才用法语殷勤地呼唤侯爵夫人，用胳膊挽住她，把她扶进尚未让火引燃的邸宅的另一侧。惊魄未定的侯爵夫人一路上一声未吭，进房后立刻人事不省晕倒在地上。在这儿——当那些吓坏的女仆不久也赶来的时候，他便打发人去叫医生，告诉女仆们说夫人一会儿就会好的，边说边戴上他的头盔，重新投入战斗去了。

城市在短时间里便被完全占领，城防司令官之所以还在抵抗，只是因为敌人不肯饶恕他。眼下正当他精疲力竭地退到自己邸宅的大门口，刚巧碰上那个俄国军官满脸通红地从门里跑出来，冲着他大喝一声，要他投降。司令官回答，他正是求之不得地等着人家来这样要求他呐，说着便把剑交给对方，然后又请求对方允许他进宅子里去，以便探望一下自己的家眷。根据他扮演的角色来判断，俄国军官似乎是这次进攻的指挥者之一。他答应了司令官提出的请求，派出一名卫兵随他进宅子里去，随后自己又急匆匆地率领一支小部队，去解决那些还处于争夺中的地段的战斗，并迅速地控制了要塞的所有据点。此后不久，他回到军火仓库前的广场上，命令士兵们扑灭已开始疯狂向四周蔓延的大火。在士兵们执行他的命令不够卖力的时候，他便亲自动起手来，所表现的勇敢拼命精神叫人惊叹。他时而爬到火焰熊熊的房顶上手执橡皮管，使水柱直喷火中，时而钻进一间军火库，把一桶桶火药、一枚枚炮弹滚到房外，叫生性胆小的亚洲人见了定会毛骨悚然。

这时，城防司令官回到家里，一听侯爵夫人遭到了意外大为震惊。正如俄国军官所预言的，侯爵夫人未经医生帮助已完全苏醒和恢复过来，高兴地看见自己的亲人们一个个都安然无恙，只是为了不让亲人们太为自己的健康担忧才继续躺在床上，并且告诉她父亲，她现在除去希望能允许她起床来去向自己的恩人表示一下感谢以外，别的任何要求都没有了。她业已知道，他叫 F 伯爵，是某某猎骑兵团的中校，曾荣获过骑士勋章和其他多种奖章。她希望父亲千万恳求他，请他在离开要塞之前一定到家里来一下。城防司令官尊重女儿的感情，毫不迟延地赶回要塞去。可是那位俄国中校在不断的发号施令中一会儿西一会儿东，使他找不到更好的时机。于是他便在城垣上趁中校整顿残存的部队时向他转达了自己满怀感激的女儿的愿望。伯爵答应他，等他能抽出时间马上就去向侯爵夫人致意。他正想打听她眼下身体怎样，这当儿接连着由几个军官送来紧急情报，又把他卷进激烈的战斗中去了。

第二天早晨，俄军总司令前来要塞视察。他对城防司令官表示自己的敬意，惋惜地说，他尽管勇敢可是运气不佳，并答应给予他行动的自由，他愿上哪儿就上哪儿。城防司令官表示对此十分感激，说在这一天里头他欠俄国人的情实在太多啦，尤其是对某某猎骑兵团的年轻中校 F 伯爵。俄国将军问发生了什么事，而当人家把城防司令官的小姐遭到的罪恶袭击讲给他听的时候，他像是气得肺都快炸了。他叫着 F 伯爵的名字让他走上前来，首先对他本人的高尚行动夸奖了几句——这当儿伯爵满脸绯红——，然后决定要把那几个玷污了沙皇英名的坏蛋通通枪毙，并命令伯爵说出他们是谁。F伯爵却语无伦次，回答说他说不准他们的名字，因为当时宅院里灯光太暗，他压根儿看不清他们的脸庞。将军在这之前可听说院子里当时已燃起熊熊大火，对伯爵的回答颇为不解。他指出，即便在黑夜中单听声音也可以认出熟悉的人呀。伯爵只好一脸尴尬地耸耸肩，将军于是下令他对此事要迅速追查，严加处理。这当儿，有谁从后边挤上前来报告，那些让伯爵给揍伤的罪犯中的一个，因为跑出过道时昏倒了，被城防司令官的手下拖进了一间小屋，眼下这人还睡在里边哩。将军派卫士马上把那家伙带上来，对他进行了简单的审讯，在他供出同伴的名字以后，一伙五人全都给枪毙了。办完此事，将军留下一支小小的守城部队，其余的整个大军便奉命开拔。军官们于是各自赶回自己的连队，伯爵挤过混乱的人群，来到城防司令官身边，对自己在此情况下不得不与侯爵夫人不辞而别表示遗憾。不到一小时，整个要塞的俄军都撤光了。

　　侯爵夫人一家这时考虑的只能是如何在将来找个机会对伯爵表示一下自己的感激，因此当他们打听到，还在俄军撤离要塞的当天，伯爵就在与敌军的一次战斗中一命呜呼，他们真是万分惊惧。那个送此消息到M城来的信使，亲眼看见胸部叫子弹射穿的伯爵被人抬着朝P地送去。据可靠的人说，到了P地当人家把他从肩上放下来的时候，他已经咽气了。城防司令官马上亲自赶到邮务所，想要弄清详细情况，人家于是又告诉他，伯爵在战场上中弹倒下的一刹那，曾高呼过一句："郁丽埃塔！这颗子弹替你复仇啦!"随后就永远闭上了他的嘴唇。侯爵夫人难过之极,怪自己竟白白放过了投到自己恩人脚下去的机会。她深深责备自己,在伯爵出于谦逊而不愿上她家里来时竟没有亲自去找他。她非常同情临死时还念念不忘的那位与她同名字的姊妹,极力想打听出她在哪里,以便把这不幸而动人的事故通知她,但毫无结果。一直过了好几个月,她才渐渐把他忘记。

这时候,她们家必须腾出城防司令官的邸宅,让俄军总司令迁入。大伙儿先考虑是否迁回到城防司令官的庄园里去,对此侯爵夫人倒是很乐意的;然而上校不喜欢乡居生活,于是全家就搬到城里的一所房子里,并认真地加以布置,打算长住。眼下一切已恢复常态。侯爵夫人重新开始中断了很久的对于子女的教育,闲暇又以作画和读书为乐。谁料这个时候,平素身体好得就跟健康女神似的她却频频感到不适,搞得她有几个礼拜都无法参加社交活动。她恶心、晕眩,四肢无力,却不明白应该怎样对付这奇怪的情况。一天早晨,全家正在喝茶,父亲刚好从房间里出去了一会儿,一直心不在焉的侯爵夫人突然像大梦初醒似的对母亲开了口:"要是有哪个妇女告诉我,她正好有我这会儿端起茶杯来时一样的感觉,那我心里一定会想,她是有喜啦。"上校夫人回答,她不明白女儿的意思。侯爵夫人于是再一次解释说,她感到目前自己的身体情况,跟当初怀第二个女儿时一模一样。那她没准儿会生出个梦儿①来吧,上校夫人说罢,笑了。至少是摩尔福

---

① 希腊神话和基督教圣典中都有童贞女于梦中怀孕的故事。

斯①,侯爵夫人回答,或者他那随从中的某一个小梦神会做孩子的父亲,同样是开玩笑的口气。上校这时走进房来,谈话遂告中断。然而几天以后,侯爵夫人重新恢复过来,整个事情也就一股脑儿给忘了。

又过了没多久,当时碰巧上校的儿子、林务官封·G也在家里,突然有一天一个仆人跑进房来报告,说是F伯爵求见,这一下全家真是吃惊不小。"F伯爵!……"父亲和女儿异口同声地叫起来,接下去又惊讶得谁都说不出一句话。仆人担保说,他是看清楚、听清楚了的,而且伯爵这会儿已经站在前厅中等着呐。上校一听就跳将起来,亲自去为伯爵开门;门开处,漂亮得就像位年轻的天神似的伯爵跨进来,只是脸色微微有些苍白。在莫名惊诧的一幕演过以后,上校夫妇责问他:"不是说您死了吗?"他回答,他还活着,然后脸上带着十分激动的表情,转过头望着他们的女儿,一开口问的就是,她现在身体怎么样。侯爵夫人回答说很好,她一心想知道的只是,他是如何死而复生的。可他却坚持自己的话题,对她说:他看出她没有对他讲真话,因为她面容显得异样地疲倦,如果不是他把一切全看错了,那她一定有什么不适,或者甚至生了病。侯爵夫人让他说这话时的诚恳态度给打动了,回答说:不错,要是他愿意的话,他可以把她疲倦的面容看作是几周前她患过的一场小病留下的痕迹,不过她眼下不担心它还会有什么后遗症。听完这话,伯爵兴高采烈地表示他也是一

---

① 摩尔福斯(Morpheus),希腊神话中的梦神。

样！并且跟着提出，她是否愿意嫁给他？侯爵夫人被这一举动弄得不知所措，满面绯红，眼睛盯着自己的母亲，母亲则一脸尴尬地望着自己的丈夫和儿子。可这时候，伯爵已走到侯爵夫人跟前，抓起她的手来就像想要亲吻，嘴里一再问她是不是理解他的心意。上校终于说，他是否还是先坐下好些，说着就既严肃又殷勤地为他把椅子端了过去。上校夫人也讲："说实话，在您没给我们讲清楚，您是怎样从人家埋葬您的P城的坟墓中起死回生以前，我们还会当您是个幽灵的。"伯爵只好放开侯爵夫人的手，坐下来，讲道：由于情况所迫，他不得不长话短说。他胸部受了致命伤以后，被送到P城，在那里有好几个月之久，他都生死未定。在此期间，他唯一想念的就是侯爵夫人。这样一种相思的既甜且苦的滋味，真非言语所能形容啊。他好容易康复了，又回到部队上，在部队里他日夜心烦意乱，好几次提起笔来想给上校先生和侯爵夫人写封信，以表明自己的心迹。这当儿他突然奉派前往那不勒斯，去送一些公文，他吃不准他从那儿是否还会奉派继续前往君士坦丁堡，或者甚至得到圣彼得堡去。现在他可已到了不满足自己心中的渴望就活不下去的地步啦，在途经M城的时候，忍不住要为此目的来到这里。简而言之，他希望侯爵夫人能赐给他以幸福，做他的妻子。他极其真诚、极其恳切地恳求大家，能对此表示同意。

上校长久地沉吟着，然后回答：伯爵的求婚使他感到很荣幸，因为他不怀疑，他这样做是郑重其事的。只不过，在她的丈夫封·O侯爵去世的时候，他的女儿已经下定决心绝不再嫁。可是哩，考虑到在这之前不久她曾受过伯爵那么大的恩惠，因此嘛，她早先的决定也不是不可能根据他的愿望做一点改变的。他现在只想为女儿请求一件事，就是容许她有一段时间对此问题冷静地考虑考虑。伯爵赶紧表白，像这样好心的建议，本来是可以令他心满意足了。换在其他情况下，他一定会喜出望外的。他清楚地感觉到，对这样的答复还不满足是太失体统了，不过嘛，现在有一些他不便细说的紧急情况，使他极希望获得一个更加肯定的回答。将载他去那不勒斯的车前已经套好了马，他因此殷切地请求大家，要是在这个家庭里还有谁对他怀着好意的话——他说这话时望着侯爵夫人，就别让他没得到任何许诺便上路去。听了这一段表白，上校稍稍有些愕然，回答说，侯爵夫人对他怀有的感激，的确使他有权提出一些要求，可是像现在的这个要求，却太大啦：他女儿在走这有关终身幸福的一步的时候，是不能不做应有的慎重考虑的。无论怎么讲吧，她在表明态度以前，都必须对伯爵做进一步的了解。他因此邀请伯爵，在办完公务后回到M城来，在他舍间做客小住。到那时，要是侯爵夫人能产生从他那儿获得幸福的希望，那么上校他自己也会乐于听见她给他一个肯定的回答的，可在这之前却不成。伯爵的脸颊慢慢红起来，说道，他在来此的整个旅程中，就给自己急不可待的渴望预言过这样的结果，现在果不其然。他陷入了极大的苦闷中，对于他眼下被迫扮演的这么个不利的角色来说，做进一步了解是只会有益，不会有害的。至于为自己的名声，要是换一个场合来考虑这一最叫人难以捉摸的品格的话，他自信可以打包票。他一生中只做过一件卑劣的事,虽然不为世人所知,他却已准备赎偿自己的罪过;总之,一句话,他是一个诚实的君子,请大家接受他的保证,因为这保证是真实的。

城防司令官微微笑了,虽然不带任何讥讽的意思。他回答说,他很愿意相信伯爵所讲的一切。要知道他还从来没见过一个青年人,能在如此短促的时间内表现出那么多高贵的品格。他坚信,短短的一段考虑时间,就可打消尚存在的疑虑。可是在他与自己的家庭以及与伯爵的家庭商议以前,他只能表示这么个态度,而不可能有其他。伯爵接过话头赶紧声明,他已没有双亲,婚事可以自行决定。他的舅舅就是将军K,他保证能得到舅舅的同意。他还补充说,他拥有一份可观的家产,而且将做出决定,把意大利当作自己的祖国。

上校彬彬有礼地对他鞠了一躬,再一次重申了自己的意志,然后请求伯爵,在他旅行归来之前,就不要再提这件事了。

在接下来的片刻沉默中,伯爵表现得烦躁到了极点。随后他转过脸去对着那位做母亲的说,他为逃避这趟差使,真是费了最大的力气。他在总司令跟前和他舅舅K将军跟前,想尽了一切最大胆的办法,采取了一切能采取的最坚决的步骤。可是他们相信,让他这样跑一趟,可以使他摆脱前一时期的疾病给他留下的抑郁症。这一来可真把他给害苦啦。

城防司令官一家不知道对他这话该说什么才好。伯爵摸摸额头,又继续道:要是存在着某种他能早一些实现自己的愿望的可能,他也不妨把自己的行期推迟一天,或者更长一点啊。

说时，他挨个儿打量着城防司令官、侯爵夫人以及侯爵夫人的母亲。只见城防司令官不悦地低着头，一言不答。他的妻子却说："您就走吧，您就走吧，伯爵先生；您先去那不勒斯，在回来时赏光到舍下住一些日子，其余的一切自会有结果的。"

伯爵坐了片刻，像是不知所措的样子，然后站起来，推开靠椅，说：由于他不得不认识到，他在踏进这所房子时所抱的希望是操之过急了，而主人一家又坚持要做他认为不必要的进一步了解，因此他打算把自己所带的公文送回在Z城的总部去，请求另派他人递送，以便自己能接受主人好意的邀请，在此府上做客几个星期。随后他手扶靠椅站在墙边，眼睛望着城防司令官，一动不动地呆了好一会儿。临了城防司令官回答，他真是感到万分遗憾，看来伯爵对他女儿所怀有的热情竟造成他如此严重的烦恼，以致他连自己该如何行事都不知道了，甚至想把公文送回去，马上搬进为他预备的房间里来住。大伙儿看见，伯爵在听这几句话时脸色发白，彬彬有礼地吻了吻城防司令官夫人的手，朝其他人一鞠躬，便向房外走去。

他走出去以后，全家都不知道对这件事该怎么办才好了。母亲说，他大概不可能把本该送往那不勒斯的公文真的送回Z城去，他说之所以要这么做，只是想在路过M地时进行五分钟的谈话就得到一位素昧平生的太太的许诺而没有成功罢了。林务官认为，像他这样一个轻率的举动，少说也得受关禁闭的处分喽！还要被解除军职，城防司令官补充说。不过并不存在真正的危险，他接着道，这只是在冲锋时朝天放枪吓吓人而已，他在把公文送走之前又会回心转意的。当母亲知道竟有如此大的危险后又担起心来，生怕他会真把公文送回去。凭他那股子钻牛角尖儿的劲头，她认为，他是很可能这么干的呀。她于是急切地请求林务官，要他马上去追赶伯爵，拦住他，叫他别干那会带来不幸的傻事。林务官却回答，这样做效果将适得其反，只会增强他以计谋取胜的希望。侯爵夫人同意林务官的看法，虽然她说就算伯爵不去吧，文书也会好好儿地送到那不勒斯，何况他是宁肯遭到不幸，也不愿自行认输啊。大伙儿一致的意见是，伯爵的行动够稀奇的，他似乎习惯于用攻取要塞的冲锋的方式，去征服女人们的心。正谈着，城防司令官忽然发现伯爵套好了的马车停在他家门口。他把全家都唤到窗前，惊异地问一个正跨进大门来的仆人，伯爵是否还在他家中。仆人回答，伯爵在楼下用人住的房间里，正和一位副官一起写信和给包裹打漆封。城防司令官强压着心中的惊慌，和林务官一道急急忙忙赶到楼下，一见伯爵是在那样窝囊的桌子上干着自己的事情，便问伯爵是否愿意到为他准备的房间里去，以及除此而外他还有什么吩咐没有。伯爵一边继续奋笔疾书，一边回答非常非常感谢，他的事情已经办完。接下来在给信上打漆封的同时，又问了问几点了，然后就把整个包裹递给副官，祝他一路顺风。城防司令官简直不敢相信自己的眼睛，在副官已经跨出门去时才说："伯爵阁下，您要没有很重要的理由——""理由太重要了！"伯爵打断他，然后陪着副官走到车前，为他拉开车门。"在这种情况下我至少想……"城防司令官又说，"那些公文——""这不可能，"伯爵回答，说着便把副官推上了座位，

"我不去这些公文送到那不勒斯就毫无意义。这点我已想到了。开车吧!""可还有您舅舅的那些信呢?"副官从车门探出身来高声问。"回M城再来找我吧。"伯爵回答。"开车!"副官吩咐车夫。接着,马车就滚滚而去。

车去远了,伯爵才转过身来问城防司令官,是否可以劳驾把为他准备的房间指给他。他乐意亲自效劳,这位一时被弄得晕头转向的上校回答,同时大声招呼自己和伯爵的下人,叫他们搬伯爵的行李。接着他便领伯爵进了家中专为招待客人预备的房间,在那儿绷着脸孔向他告了退。伯爵呢,则换好衣服,离开宅子,到当地的驻军首长那里去报了到,随后一整天在家中都没露面,直到快吃晚饭才出来。

在这段时间里,上校一家真是不安到了极点。林务官向大家讲,伯爵是如何斩钉截铁地回答了父亲提出的几个问题的。他认为,伯爵的举动看样子是经过深思熟虑的,但又问像这样一种闪电式的求婚天知道有什么原因没有。城防司令官说,他完全给弄糊涂了,因此要求家里人以后再也别当着他的面提起这件事。母亲却一个劲儿地望着窗外,看伯爵是不是会回来,对自己轻率的举动表示后悔,收回自己的请求。终于,天黑了,母亲才坐到一直像为了避免跟人谈话而在桌旁加劲儿做针线活的侯爵夫人身边,趁父亲在房里来回踱步的当儿,问自己的女儿,她对这件事该怎么办心中是否有数。侯爵夫人怯生生地瞟了城防司令官一眼,回答说,要是父亲能说动他上那不勒斯,那不一切都好了吗。"上那不勒斯!"城防司令官把这句话听在耳里,大喊道,

"难道要我把牧师请来不成？或者把他给关到禁闭室里去，然后差人将他押送到那不勒斯？"

"不，"侯爵夫人回答，"不过，苦苦的劝说自会产生效果。"说完便有些不高兴地又低下头做她的针线活了。

终于，在夜已经很深的时候，伯爵才走进房来。先寒暄了几句，大伙儿就期待着言归正题，以便齐心合力地对他发动进攻，促使他在可能的情况下从已跨出的危险的一步往后退。然而在进晚餐的整个过程中，大家都没能捕捉到这样的时机。他很巧妙地避开了一切可以扯到那上面去的话题，只一个劲儿地与城防司令官谈打仗，与林务官谈狩猎。当他谈到他受伤的那次P地的战斗时，母亲便趁机问起他养伤的情况，要他讲一讲在那个小地方过得怎么样，是不是也还舒适。这以后，他才讲了好几桩因表现了对侯爵夫人的倾慕而显得有趣的事儿，告诉大家：在养伤期间，他如何感到她仿佛总是坐在自己床边；在他因伤口发炎而烧得迷迷糊糊的头脑里，她的形象如何总是与一只他儿时在舅舅庄园中见过的白天鹅的形象搅混在一起；回忆起来令他特别感动的是，他曾用污泥去扔白天鹅，白天鹅却悄悄地潜到水里，然后又一身洁净地从水中钻出来；它在火红的激流上游啊，游啊；他用从前那只天鹅的名字"廷卡"呼唤它，但没法把它引过来，它高兴得只是昂首挺胸，用双腿在水中划来划去。他突然脸上涨得通红，加重语气道：他真是太爱它啦，说完又低头望着汤盆，不再言语。到最后，大伙儿不得不从餐桌旁站起来。这当儿，伯爵简单地对母亲讲了几句什么，就对众人行个礼，退回自己房中去了。屋里又只剩下主人一家,谁都不知如何是好。城防司令官主张,只能让事情自行发展,他估计伯爵的亲属多半会出面干涉的,闹不好真被革去军职多丢人啊。他的夫人则问女儿,对伯爵这个人她自己觉得怎么样?能不能表个什么态把这样的不幸避免掉?侯爵夫人回答:"好妈妈!这是不可能的。我感到遗憾,我对他的感激竟受到如此严峻的考验。可是,我已下过决心不再结婚。我可不能再拿自己的幸福来冒险,而且是如此不加考虑地冒险啊。"林务官认为,如果这是她不可动摇的决定,那么就把这决定告诉伯爵也对他有好处,反正看来是非得给他一个明确的答复不可呐。上校夫人却觉得,这个年轻人既然有那么多招人喜欢的优点,又声明愿意在意大利住下去,那么他的求婚依她看就值得考虑。至于侯爵夫人的决心嘛,不妨再研究研究。这当儿林务官坐到侯爵夫人身旁,问她:就伯爵这个人的人品而言,她有多喜欢。侯爵夫人颇为窘困地回答:"他叫我喜欢,又叫我不喜欢。"因此想听听其他人对他的感觉如何。上校夫人又问:"要是他从那不勒斯回来时,我们在此期间对他进行的调查与你对他的总印象没有矛盾,而他也再一次向你提出求婚,你又怎么说呢?""在这种情况下,"侯爵夫人回答,"在这种情况下我就会——因为说实在的,他的愿望看来是那样真诚——我就会——"说到这儿她顿住了,一双眼睛闪耀着明亮的光辉,"为了感激他的缘故而答应他。"

听了她这个表态,一直巴望着女儿再结婚的妈妈好不容易才掩饰住心中的喜悦,开始考虑该如何进行这件事。林务官却不安地从座位上站起来，说道，侯爵夫人只要觉得将来也有将自己许配给他的一点可能，那么现在就必须采取某种措施才好，以防止伯爵的疯狂举动可能造成的后果。母亲也有同样的想法，并且断言，这样做也说不上太冒失，因为从他在俄国人攻克要塞那天夜里所表现的种种高贵品格来看，完全不用担心他生活的其他方面会是另一个样子。这时候侯爵夫人低下头，神态极为局促不安。母亲却拉起她的手来继续说："完全可以对他表这么个态嘛，也就是告诉他，在他从那不勒斯回来之前绝不答应任何其他人。""这样的表态，亲爱的妈妈，"侯爵夫人回答，"我可以给他；我担心的只是，这不但不能使他冷静下来，反倒把我们给牵扯进去啦。""这个有我来对付！"母亲高高兴兴地回答，同时瞅瞅城防司令官。"洛伦索！你怎么想？"她问，已经准备站起来的样子。城防司令官把一切都听清楚了，却站在窗前凝视着外边的大道，一声不吭。林务官断定，她用这个无害的声明一定能让伯爵离开他们。"那就这么办吧！办吧！办吧！"父亲转身嚷道，"看来我不得不第二次投降这个俄国人呐！"母亲一听这话就跳起来吻他和女儿，赶紧问这么半夜三更应该怎样才能马上通知伯爵。看见她的匆忙劲儿，父亲微微笑了。经林务官提议，大伙儿决定派人去请伯爵，要是他还不曾解衣就寝的话，就劳他驾马上过这边来。乐于从命！伯爵捎来回答。可等回来报信的用人站定，他自己已大步流星，喜气洋洋地奔进房来，感情冲动地扑倒在侯爵夫人脚下。城防司令官想要说什么，可他却站起来抢着表示，他都知道啦！他吻了父亲和母亲的手，拥抱了哥哥，说他现在只有一个请求，就是希望他们立刻帮助他找一辆旅行马车。侯爵夫人因这个场面大为感动，尽管如此还是说："我很担心，伯爵先生，您一下子抱这么大的希望将来会太……""不会！不会！"伯爵回答，"要是你们对我进行的了解说明这次使我回到你们家里来的感情是假的，那就什么也不会发生。"接着，城防司令官十分亲切地拥抱他，林务官立刻将自己的马车借给他用，一名随从飞驰前往驿站，为他重金租来几匹驿马。这次离别时的欢乐情景，甚至超过任何一次相逢。伯爵说，他希望在B城赶上带公文的副官，然后从那儿抄近路赶往那不勒斯，不再绕道M城。在那不勒斯他将想方设法推掉继续去君士坦丁堡的差使，万不得已的时候他甚至决定装病，因此保证将在四至六个礼拜之内重新回到M城，只要没有被无法避免的障碍耽误。随即车夫便来报告车已套好，一切都已准备停当，可以上路了。伯爵拿起自己的帽子，走到侯爵夫人面前，拉住她的手。"喏喏，郁丽埃塔，现在我算多少安下心来啦，"说着他把自己的手放在她的手中，"虽然我是多么渴望能在动身之前就与你成为夫妇。"——"成为夫妇！"主人全家都惊叫起来。"成为夫妇。"伯爵重申一句，同时吻了吻侯爵夫人的手。她问他精神是否有些失常，他回答说，将来总有一天她会理解他的！主人全家眼看就要生他的气了，可他呢，当即热情洋溢地和大伙儿一一告别，请他们不要再为他刚才这番话伤脑筋，说完便动身走了。

　　随后又过了好几个礼拜。在这几个礼拜里，全家都怀着各人不同的感情，紧张地等待着那桩怪事的结局。城防司令官已收到伯爵的舅舅K将军的有礼貌的复信,伯爵本人也从那不勒斯写了信来,对他进行调查的结果相当有利于他。一句话,大伙儿已如商定的那样断定他与侯爵夫人结合是件好事,谁料侯爵夫人的身体又开始不适起来,而且情形比以前任何一次都要严重。她发觉自己身上出现了某种不可理解的变化。她很坦然地把情况告诉她的母亲,说自己完全给闹糊涂啦。母亲了解这些怪现象后为自己女儿的健康深感忧虑,要求她请医生来看看。侯爵夫人希望增强自身的抵抗力,坚决不同意母亲请医生;这样又拖了一些天,情况更加严重起来,直到她被一些反复出现的奇怪感觉所困扰,变得坐立不安。这时候她才请来一位她父亲所信赖的大夫,让大夫坐在沙发上——她母亲碰巧不在;几句话简单讲完病情后,她就以说笑的口气,把她对自己的猜疑告诉大夫。大夫审视她一眼,便对她仔细进行检查,检查完又沉默好半天,然后才一本正经地说:侯爵夫人的判断完全是正确的。侯爵夫人问他怎样理解这件事,他便毫不含糊地做了回答,并且忍不住地笑笑说,夫人的身体完全健康,压根儿用不着大夫帮助。一听这话,侯爵夫人严厉地从一旁瞪着他,同时伸手拉铃,叫他马上出去。她好像不屑于再与他讲话似的,低着脑袋自言自语地嘀咕:她没有兴趣就这类事情和谁开玩笑。大夫也不快地回答,但愿她能永远如此,永远没有开玩笑的兴趣,说完便抓起自己的帽子和手杖,准备立刻离去。侯爵夫人声称,她一定要把自己受的侮辱告诉父亲。大夫却回答,他敢为自己的诊断在法庭起誓,说着便拉开门,一鞠躬,要退出房间。趁他还在捡起掉在地上的手套的一会儿工夫,侯爵夫人又问："可这怎么可能呢，大夫？"——大夫回答，这种事儿的最终原因无须乎他来解释，说罢再鞠躬，走了。

侯爵夫人呆呆立着，像被雷击中了一样。她振作一下精神，想马上跑去见父亲。可是，那个使她感到受了侮辱的人态度异常严肃，这又夺去了她四肢的一切力量。她激动得身子往沙发上一倒，然后怀着对自己也不信赖的情绪，回顾起过去一年的桩桩往事来。当她想到最后这件事的时候，甚至以为自己是精神失常了。终于，母亲走进来，非常诧异地问女儿，她为什么如此激动。女儿把刚才医生讲的话告诉她，她一听也连声骂他是个不知羞耻的家伙，是个无赖，极力怂恿女儿去父亲面前告状。侯爵夫人对母亲说，大夫刚才是一本正经的，看样子已决心当着父亲把他的那些疯话再说一遍。上校夫人显出害怕的神气，问女儿自己是不是相信有出这种事儿的可能呢。侯爵夫人回答："我宁肯相信墓穴会变成产床，死尸的怀里会生出婴儿来！""嗐，我亲爱的宝贝女儿，"上校夫人把她抱在胸前道，"那你还担心什么呢？既然你问心无愧，大夫说什么就根本不用理睬，即便是一大群医生会诊的结论也没关系！不管他诊断错误也好，居心不良也好，反正不都对你毫无影响吗？不过事情让父亲知道一下倒也合适。""上帝啊！"侯爵夫人激动得近乎歇斯底里地嚷道，"叫我怎样能不担心呢！要知道我自己身体内的那种异常熟悉的感觉，不也叫我心神不宁么？设若我知道另外哪个女人有我一样的感觉，我不也会同样断定她就是那么回事么？"——"太可怕啦。"上校夫人喃喃着。"诊断错误！居心不良！"侯爵夫人接着讲,"可这位在今天以前一直为我们所器重的人,他又有什么理由要加给我以如此放肆而卑鄙的侮辱呢?我从未伤害过他!在迎接他时对他怀着信赖,心中预先已充满感激!他自己刚刚来时说的话也表明,他来看我纯粹是为帮助我减轻痛苦的,而不是想造成比我所感到的痛苦更大的痛苦!如果我非得在两种情况中选择一种,我只能相信他是误诊。"侯爵夫人继续说,她母亲则目不转睛地望着她,"可是,即便是个医术平庸的大夫,难道在这种情形下也会误断么?"母亲语气有些生硬地回答:"不管怎么讲,不是这种情况,就是那种情况。""是啊!亲爱的妈妈,"侯爵夫人露出深受其辱的神情,满脸烧得通红,吻了吻母亲的手说,"一定是这样!虽然情形如此特别,叫我自己也不能不怀疑。我发誓,我的良心跟我的孩子们一样清白,因为必须有这个保证;即便您的良心,最敬爱的妈妈,也不会比我更清白的。可是尽管如此,我还是求您替我找个收生婆来,以便弄清楚究竟是怎么回事,然后不管怎么样都能安下心。""请个收生婆!"上校夫人大为惊愕地嚷道。"说是良心清白,又请收生婆!"她再也说不下去了。"是的,好妈妈,请个收生婆,"侯爵夫人说着跪倒在她的跟前,"而且要马上请到,不然我会疯的。""非常高兴,"上校夫人回答,"我只是求求您,别在这个家里坐月子就够啦!"说着便起身往外走。侯爵夫人张开两臂追上前去,一头扑在地上,抱住了她的双膝。"妈妈呀,"她痛苦万状地哭喊道,"要是我洁白无瑕的一生,按照您的榜样来度过的一生给了我受到您敬重的权利的话,要是在真相大白之前您胸中还残存着对我的一点点母爱的话，那么在这可怕的时刻您别离开我！""到底是什么叫你不安呢？"母亲问，"仅仅是那大夫说的话吗？仅仅是你内心的感觉吗？""仅仅就是这些，妈妈。"侯爵夫人回答，同时把手扪在自己胸口上。"别的什么都没有吗，郁丽埃塔？"母亲继续追问。"好好想想吧，"她说，"即便做了会叫我说不出地难过的错事，做了总归做了，到头来我还是得原谅你的；可你要是为了逃避我做母亲的责备，就胡天胡地瞎编一通，并发上一大堆亵渎上帝的伪誓，好叫我这对你再信赖不过的心也跟着糊涂起来，那就太可耻了，那就一辈子也休想我再对你谅解。""但愿天国将来能敞开在我的面前，就像今天我的灵魂在您的面前敞开一样，"侯爵夫人大声道，"我对您是毫无隐讳的啊，好妈妈！"这两句充满感情的表白打动了母亲。"老天啊！"她呼喊着，"我可爱的孩子，你太激动啦！"她边喊边扶起女儿来，抱在胸前亲了又亲。"你到底怕些什么呢？来，你病得太重了。"说着便想领她去床上休息。可是侯爵夫人眼泪汪汪地要她相信，她身体完全健康，除去那点奇异的、不可理解的情况之外什么毛病都没有。"情况！什么情况？"母亲又嚷起来，"要是你对往事的记忆还可靠的话，当初你是如何害怕得发疯啊？一点内心的模模糊糊的感觉，难道就不会欺骗你吗？""不会的！不会的！"侯爵夫人回答，"它不会欺骗我！您只要找来收生婆，您就会听见那使我害怕得要命的感觉是真的了。""来，亲爱的孩子，"上校夫人说，她已经开始担心女儿是否失去理智了，"来，跟着我，去床上躺一下。对大夫给你讲的话有什么好想的呢？瞧你的脸烧得多厉害啊！瞧你的手脚直打哆嗦！大夫他究竟给你说了些什么呢？"她这么唠叨着，拉着侯爵夫人跟自己走，对侯爵夫人所讲的整个经过都不再相信。侯爵夫人回答："亲爱的好妈妈！我的知觉都完全正常。"说时嫣然一笑，眼眶里却闪着泪光。"大夫告诉我，我是有喜啦。求您去叫收生婆来吧，只要她说没这回事儿，我马上就放心了。""好吧，好吧！"上校夫人强压着内心的恐惧，回答说，"我叫她马上就来，马上就来看你这个心甘情愿让人耻笑的傻瓜，她会对你讲，你在白日做梦，头脑有些不正常。"说罢就扯了扯铃，派一个用人立刻去叫收生婆。

收生婆进来时，侯爵夫人还躺在母亲怀中，胸部不安地剧烈起伏着。上校夫人把女儿得的罕见的思想病告诉她。侯爵夫人自己则发誓说，她的行为是十分端正的，可尽管如此却老是产生一种难以理解的错觉，因此认为有必要请一位在行的太太来替自己检查一下身体。收生婆一边听着，一边就扯起年轻人难以控制自己，如今世道奸刁得很什么什么的来了。在完成自己的使命以后，又说这档子事儿她已经见得多啦，所有与侯爵夫人处境一样的年轻寡妇都声称自己是生活在荒岛上。可是请放心，她接着说，夜里一定会有快活的海盗船来靠岸的。一听这几句话侯爵夫人马上不省人事。上校夫人到底割不断母女之情，在收生婆帮助下把她救活过来。可女儿一苏醒，她却让愤怒给控制了。"郁丽埃塔！"她痛苦万分地叫了一声，"还不老老实实告诉我，把孩子父亲的名字讲出来吗？"看样子她已倾向于妥协了。然而，当侯爵夫人说自己快要发疯的时候，她便从沙发上站起来，大声骂道:"滚!滚!你这个没廉耻的东西!我诅咒当初生你那个时刻!"边骂边奔出了房间。

侯爵夫人眼看又要昏厥过去,便拉着收生婆,让她坐在自己身边,然后哆哆嗦嗦地把脑袋靠在老婆子胸前。她声音沙哑地问收生婆,造化究竟是怎样安排人事的?到底存不存在不知不觉间就怀下身孕的可能?——收生婆笑了笑,解下自己的头巾,回答说,侯爵夫人的情况可并非如此。侯爵夫人却对她讲:不,不,她自己知道女人是怎样怀孕的,只是想了解一下,在自然界中有没有那种现象。收生婆回答,这种现象除了圣母马利亚,世间的任何女人都还未发生过。侯爵夫人哆嗦得越来越厉害了。她以为自己马上就要分娩,因此用痉挛的手臂紧紧抱住收生婆,请求她不要离去。收生婆安慰她,要她相信她离临盆还早得很,并教给她了一些在这种情况下逃避世人流言蜚语的方法,对她说,一切都会好起来的。殊不知对于不幸的侯爵夫人来说,这样一些宽慰话却像穿心的利刃一样,不听则已,听见更加难受;她因此强打起精神,说自己已经好一些了,请求收生婆离开她。

收生婆刚跨出房门,用人就给她送来一张条子,她母亲在条子上写道:"封·G老爷在目前情况下希望她离开他的家。他借此移交她所拥有的产权的证明,并祈求上帝免去他再看见她的痛苦。"条子已经叫泪水给打湿了,在一角上写着两个模糊不清的字:口授。侯爵夫人泪如泉涌。为了父母对她的误解,为了这些高尚的人错误地对她采取的不公正做法,她放声痛哭,一边哭一边朝着母亲的卧室走去。人家说母亲在父亲房里,她又摇摇晃晃地赶往父亲的房间。她发现父亲房间的门已经关得严严实实,便惨叫一声倒在地上,口里呼唤着所有的圣者,希望他们来证明自己的清白无辜。她大概这么在门前躺了好几分钟,林务官才从房里走出来,涨红着脸对她说:"你听着,城防司令官不想见你。""我的好哥哥!"侯爵夫人哽哽咽咽地唤道,把身子硬挤进了房门,"我最敬爱的父亲!"边喊边向老头子伸出双臂去。城防司令官一见她就转身朝卧室里跑。在她追上去时,他大喝一声:"滚开!"同时就要关上卧室门;可她却哭喊着,哀求着,拉住房门不让他关;这时他突然放弃关门的打算,在侯爵夫人跟着他走进卧室的当儿三脚二步赶到墙边,伸手去拔挂在墙头的手枪。就在侯爵夫人一头扑到他身后的地上,用颤抖的双臂抱住他的膝头的一刹那,他手里的手枪走了火,一颗子弹砰地打进天花板里。"我生命的主宰啊!"侯爵夫人呼喊着,脸色惨白地从地上站起来,迅速离开了房间。在走进自己卧室的同时,她说希望人家马上为她备车。她进房后便瘫倒在圈椅里。随后她又急急忙忙穿戴两个孩子,让用人为她收拾东西。在一切都已准备停当,她把小的一个孩子夹在两膝间,正要再替她扎上一条头巾,然后就好登车的时候,林务官走进来,说根据城防司令官的命令,要求她把两个孩子留下,交给他们教养。"留下孩子?"她边问边站起身,"告诉你那没有人性的老子,让他来一枪把我打死好了,孩子他却休想从我手里夺去!"说完就抱起自己的孩子,带着一个问心无愧者的全部的骄傲,上车径直去了。林务官压根儿没敢拦她。

这一勇敢的举动终于使她认识自己。突然之间，她仿佛用自己的手把自己拉出了那命运将她推入的万丈深渊。到了野外，那几乎要撕裂她心胸的激动也已平息下来。她无数次地亲吻孩子们，他们是她的心肝宝贝儿。她满怀自豪地回忆起，她凭着自己清白无辜的良心的力量，对她的兄长取得了何等巨大的胜利。她那在异常难堪的处境中没有被摧毁的足够坚强的理智，在伟大、神圣和无从解释的造化面前完全折服了。她认识到不可能说服她的家庭相信她的清白；她明白，要是不愿毁灭，就必须不顾这个，自行其是。回到V地不几天，悲痛就完全消失，代之而来的是准备骄傲地迎接世人的攻击的英雄决心。她决定要完全沉潜于自己的内心生活，把热情全部灌注到对一双小儿女的教育上，并以充分的母爱，去养育上帝赐给她的第三个孩子。她做好准备，要在分娩以后的几个星期里，就着手整顿她那由于长期不在而有些荒芜了的庄园，使它恢复昔日美丽的旧观；她坐在园亭中编织小帽子、小袜子的时候，就考虑着怎样把居室安排得舒适，用哪个房间摆书，在哪个房间里把她的画架好好地支起来。这样，在F伯爵从那不勒斯返回的日期还未到来之前，她已经习惯永远过一种修女式的生活的命运。看门人得到了不放任何人进门的指示。使她难受的只有一个想法，就是这个她在极端清白无瑕的情况下孕育起来的小生命，这个来历比其他人更加隐秘因而也更加神圣的小生命，在市民社会里是一定会被打上耻辱的烙印。一天，她突然心血来潮，想出一个寻找这小生命的父亲的怪方法。这个方法之奇怪，使她刚想到时吓得把手里的针线活计都掉到地上了。她一个晚上又一个晚上辗转反侧，彻夜失眠，为了要使自己想通，去接受这个有伤她内心感情的下策。她想来想去仍不甘心，不愿和那个如此卑鄙地暗算了自己的人发生任何关系。她非常有理由得出结论，此人必定是一个不可救药的社会渣滓，不管把他设想在世界上的什么地方，他都只可能来自那些最下贱、最卑污的败类中。可是，尽管如此，她心中的独立不羁的感觉却一天强似一天，并且想到，一块宝石尽可以让人随心所欲地镶嵌起来，但仍不失自己的价值。于是在有一天早上，当那小生命又在她身体内躁动起来的时候，她便横下一条心，在M城几家日报的副刊上登出了我们在这篇小说一开头读到的那则稀奇的启事。

这期间，因有一些无法推诿的事务拖住在那不勒斯的F伯爵，他给侯爵夫人写来第二封信，要求她不管出现怎样的意外情况，都忠于自己给他的无言的许诺。不久，他推辞掉继续前往君士坦丁堡的差使，其他情况也允许他立刻离开那不勒斯，他只比预定的日期晚几天又回到M城来了。城防司令官接待他时一脸尴尬，自称不得不出门去办一点急事，要求儿子先来陪陪他。林务官便把他拉进自己房间，简单寒暄两句以后就问他是否已经知道在他不在期间城防司令官家中发生的事情。伯爵的脸倏地白了一下，回答说：不知道。这时林务官才告诉他，侯爵夫人如何如何玷污了家庭，并给他讲了我们的读者刚才已经知道的故事。伯爵听着听着猛地捶打一下自己的额头。"为什么在我的道路上总是障碍重重啊！"他忘情地喊出声来，"当初要能成亲，这一切的耻辱和不幸不就都避免了吗！"林务官瞪大眼睛望着伯爵，问伯爵是不是有神经病，怎么竟然希望与这么个下贱女人结婚。伯爵回答，她可是比这鄙视她的世界还更加高贵，他完全相信她关于自己是清白贞洁的解释，并且今天就要去V地，再一次向她求婚。他说着就抓起自己的帽子，撇下以为他完全精神失常的林务官，匆匆去了。

伯爵骑上一匹快马，向着V地疾驰。他在侯爵夫人庄院的大门口下了马，正想走进前院，看门人就上来对他讲，夫人不愿接待任何人。伯爵问，这个对陌生人采取的措施，对于家里的一位朋友是否也有效呢？看门人回答，他不知道有什么例外，但随即又态度模棱地追问一句：他莫非就是F伯爵？伯爵用审视的目光瞅了他一眼，回答说：不是。随后便转过身来像是对自己仆人讲话的样子，声音却高得让看门人听得清清楚楚：在这种情况下他只好在旅馆里住下来，然后再写信给侯爵夫人。可一当到了看门人见不到他的时候，伯爵就拐过屋角，绕着屋后一座大花园的围墙走去。他通过一道开着的小门溜进花园，穿过一条条甬道，正想爬上屋后的台阶，却在旁边的一座凉亭中发现了侯爵夫人可爱而神秘的身影，见她正坐在一张小桌子旁边专心做着女红。他轻脚轻手地走过去，一直到了凉亭前离她仅三步远的地方侯爵夫人才发现他。"F伯爵！"她抬起头来惊叫一声，马上满面绯红。伯爵微笑着，一动不动地在门口站了好一会儿，然后才既热情又谦逊地坐到她身边，努力不使她受惊。随后，还在处于奇特心境中的侯爵夫人尚未拿定主意之前，他已用胳膊搂住她娇美的身体。"伯爵阁下，您是从哪儿进来的？"侯爵夫人问，说完羞怯地低下头。"从M城来,"伯爵边说边抱紧她,"通过一道我发现开着的后门。我相信能得到您的原谅,所以便进来了。""难道人家在M城没有告诉你?……"她问,在他的怀抱里还一点没有动弹。"全告诉了,亲爱的夫人,"伯爵回答,"可我完全相信您的清白……""为什么!"侯爵夫人站起身来,在他的怀里挣扎着,大叫道,"为什么尽管这样您还来呢?""我不管世界上的一切,"伯爵紧紧搂着她说,"不管您的家庭,甚至也不管您这可喜的变化。"说着就在她的胸脯上热烈地亲吻起来。"走开!"侯爵夫人厉声申斥。伯爵却回答:"郁丽埃塔,我相信你的清白,就像我是无所不知,就像我的心是长在你的胸中一样……""放开我!"侯爵夫人大声喊。伯爵紧紧抱住她不放,继续说:"我是来再次向您求婚的。您如答应,我就将从您手中获得一生的幸福。""马上放开我!"侯爵夫人喝道,"我命令你!"同时从他的怀抱中拼命挣脱出来,向亭外逃去。"亲爱的!高贵的郁丽埃塔!"伯爵一边柔声呼唤,一边起身追赶她。"我叫你走开!"侯爵夫人转过脸来喊了一句,又往前奔。"只有一句话,只悄悄地说一句话……"伯爵赶紧伸出手去抓她光滑的胳膊,同时说。"我什么也不想知道。"侯爵夫人回答,猛地一把将伯爵推开,跑上台阶,消失在房门中。

　　伯爵已经奔到台阶中央,想要不惜任何代价让侯爵夫人把他想说的话听完,可这时房门已经砰地一下关上了,而且被她慌慌张张地上了门闩。他犹豫不决地站了一会儿,不知在这种情况下该做什么好,考虑着是否可以从旁边一扇敞开着的窗户爬进去,不达目的决不罢休；可是，尽管就此回去无论怎么讲都叫他非常难受，他还是觉得非如此不可，便怀着自己万万不该从手里放走她的满腹懊恼，快快不乐地踱下台阶，走出园子，寻找自己的马匹去了。他感到，他偎在侯爵夫人胸前给她把话讲清楚的企图永远失败了。他骑在马上慢吞吞地走回M城，脑子里考虑着一封眼下不得已而写的信。傍晚，当他心绪恶劣透顶地与其他旅客一块儿进晚餐的时候，他碰见了林务官。林务官立刻向他打听，他到V地求婚是否取得了成功。伯爵干巴巴地回答两个字：没有！很希望就这么冷冷地打发走林务官，可是考虑到礼貌，过了一会儿又补充说：他决定再次向她书面提出，相信不久就会将愿望实现。这时林务官却表示：看见对于侯爵夫人的迷恋已使伯爵丧失理智，他感到非常遗憾；他现在不得不告诉伯爵，她看来已经决定要另外选一个人了；并以最新的报纸作为自己说这番话的依据，说着便把那张登着侯爵夫人要求孩子父亲自己站出来的启事的报纸递给伯爵。伯爵的目光迅速从启事上掠过，热血一下子冲上他的脑袋，心中百感交集。林务官问他相不相信侯爵夫人找的那个人会自己站出来。"一定会！"伯爵回答。他这时整个心思都倾注在报纸上了，贪婪地吸收着它所包含的意义。随后，他一边折好报纸，一边踱到窗前，口里自语着："既然这样也好！现在我知道我该怎么办啦！"说罢转过身来，彬彬有礼地问林务官，他是否很快还会见到他，然后就向他告辞，安安心心地接受自己命运的安排去了。

在这一段时间里，城防司令官家中出现的场面也是再精彩不过的。上校夫人懊恼到了极点,既不满于丈夫对待女儿态度过分激烈,也不满自己在他像暴君似的将女儿逐出家门时竟听之任之,表现软弱。在丈夫的房中响起枪声,女儿从房里冲出来的当口,她一下子便晕倒了;虽然很快恢复过来,可是城防司令官在她醒过来的一刹那什么也没有说,只说了一句:他感到遗憾,叫她受到一场虚惊。他说着就把放空了的手枪扔到桌子上。接下去谈到要把外孙扣下来,她好不容易鼓起勇气表示,他们没有这样做的权利。她用因刚才的昏厥而变得颤抖的、微弱的声音请求,千万别在家里采取激烈行动,城防司令官却转过身去气呼呼地命令林务官:"去,把他们给我带来!"当F伯爵的第二封信寄到时,他吩咐把信给在V地的侯爵夫人送去。据送信人回来讲,侯爵夫人把信往旁边一扔,只说了声:成啊。在整个事件中都有许多上校夫人闹不明白的地方,特别是想不通女儿准备随便找个男人就再结婚这件事。她多次企图把这当作话题来谈一谈,结果都没有成功。城防司令官总以一种近乎命令的口气请求她别开口。有一次,他甚至一边将一张还挂在墙上的女儿的画像摘下来,一边对她讲,他希望把自己对侯爵夫人的记忆彻底抹去,并声称自己不再有女儿。随后报纸上就出现了侯爵夫人那则稀奇的寻人启事。上校夫人对此真是大为震惊,她拿着从城防司令官处得到的报纸走进他的房间,发现他正伏案工作,便问他对这件事到底怎么看。城防司令官不停笔地写着,答道:"啊!她是清白的。""什么!"上校夫人惊讶得叫了起来,"怎么是清白的?""她是在睡梦中干的好事。"城防司令官头也不抬地说。"在睡梦中？"妻子仍然不明白，"干了一件这么严重的事？……"

"傻瓜！"丈夫大骂一声，把纸理成一叠，走了。

第二天在早餐桌上，上校夫人从还散发着油墨味儿的日报副刊里读到了下面的回答：

倘使侯爵夫人封·O三日上午十一时能光临她父亲封·G先生府上，那么，她所寻找的人就会拜倒在她的脚下。

上校夫人还没把这段见所未见的妙文读完一半，就说不出话来了。她飞快地瞟了瞟结尾，然后把报纸递给城防司令官。上校把那段文字一连读了三遍，简直不敢相信自己的眼睛。"喏，看在老天分上，洛伦索，谈谈你的看法吧。"上校夫人嚷道。"真可耻啊！"上校从餐桌旁站起来回答，"老奸巨猾，虚伪透顶！十头母狗的无耻，再加上十只狐狸的刁滑，加在一起还抵不上她一个人呐！瞧她那模样儿！瞧她那双眼睛！不是比小天使还诚实吗？"上校叫苦连天，再也安静不下来。"可说来说去，这要真是她搞鬼的话，那又能达到什么目的呢？"上校夫人问。"达到什么目的？还不是想把她那无耻的谎言强加给咱们呗，"上校回答，"她和他，他们已经把三日上午来这儿糊弄我们的那通鬼话背得滚瓜烂熟啦。他们想让我说：'我亲爱的小女儿，我是不了解情况呀，谁能想到呢！原谅我，请接受我的祝福，咱们和好吧。'可我要叫三日上午跨进我家门槛的那小子吃子弹！也许，叫个用人把他轰出去更得体一些。"上校夫人又念了一遍报上那段文字，然后说，在这两件不可理解的事情中如果要她相信一件，那么她宁肯相信这是命运对人闻所未闻的捉弄，而不愿相信自己平素那么高贵的女儿会变得如此下流卑鄙。可是还没等她把话说完，上校就大声嚷道："对我行行好，别讲啦！听见这事我就讨厌。"说着奔出了房间。

几天以后，城防司令官收到侯爵夫人的一封信。她在信中用诚惶诚恐、感人至深的措辞请求说，由于他不允许她再到他家露面，只好劳烦他把三日上午上他家来的那个人打发到V地她自己家里去。上校收到信时正好他夫人也在场，她从丈夫的脸上清楚地看出，他这时胸中方寸已乱：要说女儿又在耍什么骗人把戏的话，那么该如何解释她的动机呢？须知她似乎已经根本不指望他会原谅她了啊！上校夫人趁此机会，把她那个在自己心中狐疑不定藏了好久的计划搬出来，在上校还表情木然地盯住信发愣的当儿对他说道：她有了一个主意，但不知他是否允许她到V地去住一两天？要是侯爵夫人真的早已认识那个在报上装作陌生人给她回话的男子，那么她就有办法叫她一定吐露真情，暴露出她狡诈虚伪的本相。可城防司令官突然两把将信撕得粉碎，回答说：她得清楚，他不想与侯爵夫人再打任何交道，也禁止妻子与她有任何接触。说罢将撕碎了的信封起来，写上侯爵夫人的地址，派一个听差送去作为回答。对他这破坏一切弄清真相的可能的顽固态度，上校夫人心中十分恼怒，因此决定不管他同不同意，都要实现自己的计划。她带着城防司令官的一名车夫，第二天一早趁丈夫还躺在床上，就动身到V地去了。等车在侯爵夫人的庄园大门外停稳,看门人便对她说,夫人吩咐不放任何人进去。上校夫人回答,她知道这个措施,但他只管进去报告,就说上校夫人封·G来啦。看门人听了还是说,这一点用处也不会有,因为侯爵夫人不愿见世界上的任何人。上校夫人又回答,她一定要会见她,因为她是她的母亲。她叫看门人别再磨磨蹭蹭,赶快履行自己的职责去吧。看门人说这是白费劲儿,但仍进里边通报去了。他刚一进去,侯爵夫人就急急忙忙赶到大门口来,一下子跪在上校夫人车前。上校夫人由车夫搀着下了车,从地上扶起女儿,感情颇有些激动。侯爵夫人情不自禁地俯下身去吻母亲的手,眼泪一个劲儿地往外淌,恭恭敬敬地领着母亲进了自己的房间。"我的好妈妈哟!"她把母亲让到沙发上坐下后,站在她跟前一边擦眼泪一边说,"您的到来使我喜出望外,我实在感激不尽啊!"上校夫人亲切地拉住女儿的手说,她必须告诉她,她此来只为请求女儿原谅,为了她被如此狠心地赶出家门请求她原谅。"请求原谅!"侯爵夫人忍不住岔断她的话,又想去吻她的手。可是她一边把手抽开,一边继续说:"要知道,不只是最近报纸上登出的那段给你的启事的回答,使我和你父亲都确信了你是清白无辜的,而且我还必须告诉你,他昨天已经自己上咱家去啦,叫我又喜又惊。""谁已经去……?"侯爵夫人在母亲身边坐下来问,"怎样一个人上咱们家去了?"母女两人的脸上都同样流露出紧张期待的神情。"他呀,"上校夫人回答说,"那篇答复的作者,你要求他自己站出来的那个人呗。""是吗?"侯爵夫人呼吸急促起来,又问,"可那是谁呢?到底是谁呢?""这个嘛,"上校夫人答道,"我就要让你猜一猜喽。试想想,昨天正当我们一边喝茶,一边读那张奇怪的报纸时,突然撞进来一个我们再熟悉不过的人,神态举止显得非常绝望,一头就跪在你父亲的脚下,接着又跪在我的脚下。我们给弄得莫名其妙,要求他站起来,有什么话就讲。他这才说:他的良心使他不得安宁,他就是那个坑害侯爵夫人的无耻之徒,他非得知道人家怎样看他所犯的罪行不可。如果我们要给他以报复的话,那他就自己送上门来啦。""可谁?谁?谁?"侯爵夫人连声问。"刚才讲过,"上校夫人接着说,"一个本来挺有教养的年轻人,我们万万没料到他会干出如此卑鄙下流的事来。不过你也不要害怕,我的女儿,如果我告诉你他出身低贱,达不到我们通常对你的丈夫可能提出的任何要求。""可是,我高贵的母亲,"侯爵夫人说,"他也不可能完全不配呀,要知道他在投身在我的脚下之前,是先来跪在你们的脚下的。可他是谁呢?谁呢?请你只告诉我,谁?""好吧,"上校夫人回答,"是雷奥帕托,那个你父亲早年从提罗尔招来的用人。要是你肯嫁给他,我已经把他带来,可以介绍你认识认识这位未婚夫。""雷奥帕托!一个用人!"侯爵夫人把手抚在自己额头上,绝望地叫着。"干吗给吓得这模样?"上校夫人问,"难道你有什么理由表示怀疑吗?""在哪儿?啥时候?怎么会?"侯爵夫人迷惑不解地问。"这个嘛,"上校夫人答道,"他只愿意告诉你自己。羞耻心和爱情,他声称,使他不可能向你以外的第三者解释这件事。不过只要你愿意,我们马上可以打开前厅的门,他正怀着一颗怦怦跳动的心站在厅中,等着咱俩谈话的结果哩;你可以试一试,看在我回避以后能不能诱使他把秘密吐露出来。""上帝啊,我的父亲!"侯爵夫人呼叫着,"一个炎热的中午,我是睡着了一会儿,醒来时正好看见他从我沙发前走开!"她说着便用自己的一双小手遮住自己臊得通红的脸。这当儿,不料她母亲却跪倒在她跟前。"啊,我的闺女!"上校夫人呼唤着,"啊,我高贵的女儿!"边唤边用胳臂搂住了她。"我真正太卑劣了啊!"说完便把脸埋在女儿怀中。"您是怎么啦,妈妈?"侯爵夫人惊愕地问。"你要知道,"上校夫人回答说,"你是个比天使还纯洁的人啊,而我刚才对你讲的一切没有一句是真的。我这颗被败坏了的心不相信你竟会如此光明磊落,清白无瑕,所以才想出这个鬼主意来证实自己的想法。""我的好妈妈。"侯爵夫人呼喊着,既惊喜又感动地向母亲俯下身,准备扶起她。可她却声称:"不,高贵的人,神圣的人,在你对我讲你可以原谅我这卑劣行为之前,我决不从你脚边站起来。""我原谅您,妈妈!请起来吧,"侯爵夫人大声说,"求求您……""你听着,"上校夫人说,"我想知道,你是否还爱我,还真心实意地尊重我,跟从前一样?""我所崇敬的妈妈啊!"侯爵夫人喊叫着,同样也跪下去,"尊敬和爱戴从来不曾从我心中消失过。在如此闻所未闻的情况下,谁可能给予我以信任呢?我太幸福啦,您已经相信我是无辜的!""好吧,"上校夫人说,同时由女儿搀扶着从地上站起来,"从此我将像宝贝儿似的把你捧在手上,我亲爱的孩子。我要让你到我家里去分娩,我将使你得到最大的体贴,最大的尊重,把你服侍得就像你要生的是一位小公爵一样。我这一辈子绝不再离开你身边。我将置世人于不顾，把你的耻辱当作自己唯一的荣誉，只要你能重新对我好，忘记我曾那么狠心地赶走了你。"侯爵夫人极力安慰自己母亲，没完没了地劝说她，爱抚她，直到夜色降临，直到敲响午夜的钟声，她都还未见效。第二天，在老太太的激动情绪稍稍缓和下来以后——她夜里因此发过一场高烧，母亲、女儿、外孙便凯旋，一起回M城去了。途中她们都兴致勃勃，甚至拿坐在前边驾车的雷奥帕托那小子来打趣儿。母亲对女儿讲，她发现女儿每次瞅见雷奥帕托宽阔的脊背都会脸红。女儿嘴角动了动，既像叹息又像微笑，答道："谁知道三日上午到咱们家里来的会是个什么人哩！"这以后，随着离M城越来越近，她们的心情也渐渐严肃起来，都预感到自己正面临着重大的事变。上校夫人丝毫不曾透露自己的计划，下车后径直领女儿回到她过去住的房间，叫她自己休息休息，她马上会再回来陪她的。她说完便匆匆去了。一小时后，她脸红筋粗地走进来。"哎呀呀，这个多疑鬼！这个什么都听不进去的多疑鬼！"她暗暗怀着得意的心情说，"为了使他相信，我可是花了整整一个钟头去说服他。可现在他坐在那儿哭鼻子啦！""谁啊？"女儿问。"他呗！"母亲回答，"除了他还有谁该有这么个下场啊。""该不是爸爸吧？"女儿大声问。"哭得简直跟个孩子似的，"母亲回答，"我要不是自己也有泪水要揩，差点儿就笑出来啦，只好赶紧从房里往外走。""这是为了我吗？"侯爵夫人问，并且马上站起来，"我应该在这儿？……""你一步也别离开！"上校夫人说，"他凭什么给我口授那封信！非得要他到这儿来找你不可，否则他一辈子也休想再见我的面。""我的好妈妈。"侯爵夫人恳求着。"太狠心了!"上校夫人打断女儿的话,"他凭什么掏手枪!""可我求求您……""你别管,"上校夫人回答,同时把女儿重新推回去坐在圈椅里,"他要是今天晚上以前不来,咱明天和你一道离开。"侯爵夫人说,这样做太过分,而且不公平。她母亲却回答:"静一静……"因为她正好听见有谁哽哽咽咽着正从远处走近,便说:"他来啦!""在哪儿?"侯爵夫人问,同时侧耳倾听,"确实有谁在门外,哭得这么伤心……""可不是嘛,"上校夫人应道,"他想咱们去给他开门哩。""让我去吧!"侯爵夫人提高嗓音说,一下子从圈椅里跳起。"可我说,郁丽埃塔,"上校夫人喝住她,"你要是对我好的话,就留下别动!"然而也就在这一时刻,城防司令官用手帕捂着脸,跨进房间来了。上校夫人横挡在女儿跟前,背冲着丈夫。"我的好爸爸啊!"侯爵夫人呼唤着,向父亲伸出双手。"别过去,"母亲命令她,"听话!"城防司令官站在屋中央,哭啊哭啊。"让他来请求你原谅,"母亲继续说,"他凭什么那样狠心!凭什么那样顽固!我爱他,可也爱你;我敬重他,可也敬重你。而且要是我非得选择一个的话,那么你比他更高贵,我将永远留在你身边。"城防司令官伛偻着身子,大声号啕得使墙壁都震起来。"我的上帝啊!"侯爵夫人喊道,突然向母亲让了步,掏出手绢来开始擦眼泪。见此情景,上校夫人才把身子挪开一点,说:"瞧他连个话都不会讲啦!"这时候侯爵夫人也站起身,拥抱城防司令官,请求他不要再难过,可她自己却哭得很伤心。她问父亲是否想坐一坐。她想拉他到椅子跟前去,为他推了一把圈椅过来,让他坐下。可他既不回答,也不动弹,更不坐下,只是那样站着,伛着腰,一个劲儿哭啊,哭啊。侯爵夫人扶着他,转过半个脸去对母亲说,这样下去他会生病的。母亲见他这悲痛欲绝的样子,心肠似乎也开始软了。可是,当城防司令官终于在女儿反复要求下坐到椅子上,女儿还偎依在他脚边不断对他表示温存的时候,她又开腔了,说他自作自受,现在总该清醒清醒了吧。她说完就丢下父女俩,径直走出房去。

一到外边,她马上揩去自己的泪水,心里考虑着,她让老头子受了这多大的震动是否会危及他的健康,是不是该派人去请个医生来才好。她亲自下到厨房,把家里只要能找到的一切有滋补和镇静作用的食物都给他烧煮起来,把床铺也先替他暖好,以便他一让女儿牵来就叫他躺上去。谁知他一等不来,二等还不来,再说晚餐也已摆好,她便轻脚轻手又朝侯爵夫人的房间走去,想听听那儿出了什么事儿。她把耳朵轻轻贴在房门上,听见一点极轻微的絮语声,觉得是侯爵夫人在讲什么。她透过门上的钥匙孔往里一瞧,只见侯爵夫人正坐在父亲的怀里,这在城防司令官可是生平第一遭。她终于忍不住拉开房门,面前的情景简直叫她心花怒放:女儿仰着头,闭着眼,静静偎在父亲的臂弯里;父亲呢,坐在靠椅上,一双大眼噙满晶莹的泪珠,长久地、热烈地、贪婪地亲着女儿,简直像一个情人一样!女儿不言语,他也不言语;他只专心一意地俯视着女儿的脸,就像俯视着自己初恋的姑娘的脸一样,然后又低下头来亲吻她。母亲感到自己真是个幸福的人，悄悄站在靠椅背后，不忍心搅扰这重新带给他家以和睦与天伦之乐的愉快场面。终于，她还是走近丈夫，在他又乐不可支地准备再次去亲吻女儿的当儿，弯下腰来从旁边瞅着他。一看见老婆子，城防司令官的面孔顿时又拉长了，正想嘀咕什么，她却先嚷开了："瞧你这个鬼模样！"说着也凑上去吻老头子一下，以戏谑结束了这动人的一幕。她邀请父女俩去进晚餐，他俩亲亲热热地跟在她身后，活像一对恋人似的。晚餐桌上，城防司令官情绪虽然很好，只不过仍时不时地哽咽着，吃得少，话也少，眼睛垂在汤盆里，手抚摸着女儿的手。

第二天，大伙儿关心的只是一个问题：明天十一点将来到的那个人天知道是谁呢？因为明儿个就是那可怕的三号啦。父亲和母亲，还有那位也来与侯爵夫人讲和的哥哥，三人都说只要来人马马虎虎过得去，就无条件赞成结婚，并且表示要尽一切可能，使侯爵夫人的处境变得幸福起来。可是，如果来人的情况实在太糟，即便再促成仍然配不上侯爵夫人的话，那么父母亲就反对成亲。他们决定让女儿一如既往地住在自己家里，并且将孩子收养下来。与他们相反，侯爵夫人看样子却准备在任何情况下都实践自己的诺言，不惜任何代价地为孩子找到一个父亲，只要来人不是太邪恶就行了。傍晚，母亲提出一个问题：明天应该怎样接待那位来客呢？城防司令官认为，最得体的方式莫过于十一点钟的时候把侯爵夫人单独留在这里。侯爵夫人相反却坚持父亲，还有哥哥都最好在场，因为她不希望和那人之间有任何秘密。她并且说，那人在答复中甚至也表示过这样的愿望，所以才建议以城防司令官的家为会面地点。而这一做法,她坦然承认,正是使得她很满意他的答复的原因。母亲发现丈夫和儿子到时候扮演的角色将是挺尴尬的,便请求女儿让男人们离开,为此她自己则满足她的愿望,答应在接待那人时陪在旁边。女儿稍稍考虑了一会儿,终于同意最后这个建议。

度过充满紧张期待的一夜,那可怕的三日的早晨到底还是来到了。当钟敲十一点,两位夫人都穿着去行订婚礼似的节日盛装,坐在了客厅里;她们的心突突地猛跳着,使人在四周静寂下来的一刹那仿佛听得见似的。敲完十一点的时钟还在嗡嗡响着,突然从厅外走进来城防司令官从提罗尔雇来的那个用人——雷奥帕托。两位夫人的脸刷地一下子煞白了。"F伯爵乘车来到,"他说,"在外边等候接见。""F伯爵!"两位夫人异口同声喊出来,惊讶万状。侯爵夫人突然大吼一声:"快关上门,说我们不见他!"并且马上站起来亲自去插门闩。可正当她把站在房中的用人往外推的一忽儿,F伯爵已经向着她走来,身上完全跟攻陷要塞那天晚上一样全副披挂,佩戴着不少勋章和武器。侯爵夫人只觉得神志昏乱,就要倒下了,一把抓起搭在椅背上的头巾,想要逃到侧室里去。上校夫人赶紧拉住她的手,喊了一声:"郁丽埃塔!……"接着嗓子眼儿就让纷乱的思绪给塞住,再也说不出话。她紧紧盯着F伯爵,好不容易才反反复复说出一句话:"郁丽埃塔,我求求你!求求你!"说着把女儿硬拖回去,问:"咱们究竟等的是谁呢?"侯爵夫人猛地扭过头,大声回答:"谁?反正不是等他!"同时把两道闪电般的目光射到伯爵身上,脸色倏地变得跟死人似的惨白。伯爵屈下一条腿跪在她面前,右手扪着自己的心,头耷拉在胸前,像火焰般炽热的目光凝视着地上,一语不发。"还能等谁啊,"上校夫人嗓音喑哑地嚷嚷着,"除开他还能等谁啊?我们这些神经错乱的女人……"侯爵夫人一动不动地站着,说道:"再这样我就要疯了,妈妈!""你真是个傻瓜呀!"母亲应着,把她拉到自己身边,凑着她耳朵低声咕噜了点什么。侯爵夫人转过身来,双手捂着脸,倒在沙发上。母亲呼叫着:"我不幸的孩子!你这是怎么啦?什么事叫你这样感到意外?"伯爵仍然跪在地上,手捧起身旁的上校夫人的衣裳边来吻着,口里连声唤她:"亲爱的!仁慈的!高贵的!"唤着唤着一颗豆大的泪珠滚下了他的脸颊。上校夫人对他讲:"您起来吧,伯爵先生,您起来吧!快去安慰安慰她。这样我们大家就和解了,这样过去的一切都不再计较,统统忘记了吧!"伯爵泪眼汪汪地站起身,来到侯爵夫人身边重新跪下,小心翼翼地拉起她的手,好像这手是金玉般珍贵,他自己的手发出的浊气会污染它似的。谁知侯爵夫人却一下子跳起来,冲他连声喝道:"您走!您走!您走!我原准备好了见到一个罪人,想不到竟见到一个……一个……魔鬼!"同时就像躲避瘟疫一般避开他,跑过去推开房门,喊道:"快把上校请来!""郁丽埃塔!"上校夫人惊呼一声。侯爵夫人以狂暴的目光一会儿瞪着伯爵,一会儿瞪着自己的母亲,胸部剧烈起伏,脸红得能喷出火来似的,看上去比复仇女神更可怕。上校和林务官匆匆赶来。当他们还在门口,她就冲着他们说:"这个男人,父亲,我不能够嫁给他!"说着就把手伸进固定在后门上的一只圣水钵,捞起一大把圣水来洒在父亲、母亲和哥哥身上,然后便一溜烟儿跑出房去。

让女儿这奇怪的举动弄得莫名其妙的城防司令官,忙问出了什么事。这当儿,他一眼看见房中站着F伯爵,脸刷地白了。上校夫人却拉着伯爵的手,对丈夫说:"别问啦!这位年轻人打心眼儿里后悔过去做的一切,给他祝福吧,祝福吧,祝福吧,这样就万事大吉喽。"伯爵呆若木鸡地立着。城防司令官把一只手搭在他肩膀上;他眼睫毛抽动着,嘴唇苍白得跟白垩一样。"愿上天的诅咒别降临在这头顶上!"城防司令官嘟囔了一句,然后问,"您打算啥时候行婚礼?""明天!"上校夫人代替一句话也说不出来的伯爵回答,"明天或者今天,随你高兴;对于急不可待地希望挽回自己过失的伯爵先生来说,总是越快越好的。""那么,我将很荣幸地于明日十一时来奥古斯丁教堂找您。"城防司令官说,说完对他鞠了一躬,并叫老婆、儿子上侯爵夫人房间去,把他一个人留在客厅里。

大伙儿费尽唇舌,也没能问出侯爵夫人做出如此奇怪的举动的原因。她躺在床上发着高烧,压根儿不愿听谁提起结婚的事,请求他们让她独自安静安静。问她为什么突然改变主意,是什么原因使她比厌恶其他人更厌恶伯爵,她都瞪大眼睛,神不守舍地望着父亲,一个字也不回答。上校夫人提醒说,她是否忘记掉,她已经做了母亲。她回答道,现在的情况下,她不得不更多地考虑自己,而无法考虑孩子,并再一次唤着所有天使和圣者的名字起誓,她决不再结婚。父亲看出她显然是感情受的刺激太大,只说了一句她必须信守诺言便离开她，去安排举行婚礼的各项准备工作了。他首先与伯爵进行书面谈判，向伯爵提交了一份婚约。婚约中规定，伯爵放弃一切做丈夫的权利，但必须履行人家要求他承担的所有义务。伯爵签好字，把这张泪水浸透的文书送了回来。第二天早上，当城防司令官把它递给侯爵夫人时，她的精神已稍稍安定一些。她坐在床上反复读了好多遍，然后若有所思地把它叠好，叠好后又打开，打开后又读起来。临了，她终于表示，她将在十一点钟上奥古斯丁教堂去。她下了床，一声不吭地穿好衣服，在钟声响起来的当儿就和全家人一同上了车，向着教堂驶去。

到了教堂的大门外，伯爵才被允许和城防司令官一家走在一起。在举行仪式的整个过程中，侯爵夫人都两眼凝视着祭坛上的圣像，对与自己交换结婚戒指的这个男人连瞟都没有瞟一眼。仪式完毕，伯爵伸过胳臂让她挽着，可一跨出教堂门，侯爵夫人便一鞠躬离开了他。城防司令官问，他是否肯赏光偶尔到他女儿房中来坐坐呢？伯爵结结巴巴地回答了几句谁也听不懂的话，然后对众人扬扬帽子，悄然去了。他随后在M城赁了一幢宅子住下来，可是好几个月也未迈过侯爵夫人仍然住着的城防司令官家的门槛一步。全靠自己偶尔在与他们接触时行为举止都温和庄重，无懈可击，他才在侯爵夫人分娩后得到邀请，去参加他的儿子的洗礼。侯爵夫人盖着毛毯坐在床上，仅在他走到门口来远远向她问安时瞅了他一眼。在宾客们给小宝宝送来的礼物上面，他又放了两张写着字的纸。等他走后，人们从摇篮里捡起来一看，一张原来是送给小家伙的两万卢布礼金，另一张却是一张遗嘱。遗嘱中写着，他要是死了，就由侯爵夫人承继他的全部财产。从这一天起，经过上校夫人从中安排，他便经常受到邀请，城防司令官家对他敞开大门，没过多久他就成了每晚必到的常客。后来，他的感觉告诉他，他已得到各方面的谅解，他的过失已被当作造化的缺陷，这时他才开始重新追求起侯爵夫人，追求起他的妻子来。过了一年，他得到她的第二次允诺，与她第二次更加热闹地举行了婚礼。婚礼结束后，一家人就迁居到V地。接着又有一大批年轻的俄国人步了伯爵的后尘。

一天，沉浸在新婚幸福中的伯爵突然问妻子，在那个可怕的三日的上午，看样子她准备好了接待任何一个罪孽深重的人，为什么却偏偏对他像对恶魔似的避之唯恐不及呢？妻子听了一下子扑上去搂着他的脖子，回答说：要是他第一次不是天使般地出现在她面前的话，那他后来在她眼中也就不会变成一个恶魔啦。

附录

《智利地震》赏析

  与欧洲其他主要国家的文学相比，德语文学以诗歌和被称为Novelle的中短篇小说见长。Novelle这种体裁发源于文艺复兴时期的意大利，《智利地震》的作者克莱斯特则是它在德国的一位主要奠基人。

  克莱斯特出生在奥德河畔的法兰克福，父亲是普鲁士贵族军官。克莱斯特15岁即进入军队，曾参加反对年轻的法兰西共和国的战争，却厌恶普鲁士的军队生活，于1799年退役回家乡上了大学。他先后尝试过攻读哲学、物理、数学和政治学，曾受康德批判哲学的影响。他原本希望通过学习不再是一个"愚昧无知的公子哥"，但是很快失望了，于是迁居柏林，先后到法国和瑞士旅行。在瑞士期间，他下决心从事写作，从此开始了文学生涯；仅于1805至1806年间在普鲁士参议会任职，1808年以后做过一些编辑工作，其他时间都主要用于创作。1811年，在已经完成一些戏剧和中短篇小说杰作之后，年轻的克莱斯特却绝望轻生，在柏林附近的波茨坦饮弹自杀，原因是不满普鲁士的新闻出版审查制度,同时错误地对自己的文学天赋产生了怀疑。

克莱斯特也是一位出色的戏剧家,代表作有《破罐记》《赫尔曼战役》和《洪堡亲王》;他同时还擅长创作"逸事"——德语文学中又一种独特的体裁。然而,克莱斯特今天之所以仍享誉世界文坛,主要归功于他数量不多然而风格独特的中短篇小说,如《米迦勒·寇哈斯》《侯爵夫人封·O》《义子》和《圣多明各的婚约》等。读者您阅读的《智利地震》,堪称德国乃至世界中短篇小说脍炙人口的名篇。

关于这篇小说的思想内涵和艺术特色,后面总评再讲;这儿只想提一下作家特殊的行文风格,以引起注意。

克莱斯特以写德语里所谓的 Periode,即句子套句子的长复合句著称。为了保持作家的特殊文风,翻译也尽量多用比较长的句子,不过仍然努力做到流畅、上口就是了。对于克莱斯特的这种行文风格,读者您不用害怕,因为它并不难读、难懂;不,恰恰相反,克莱斯特的长句逻辑谨严,结构精巧,因此读起来既耐咀嚼,又很有味。需要的只是读时稍稍耐心一点,细心一点。这,我想您肯定能做到。

*

年轻男儿哪个不渴望爱,
妙龄少女谁不渴望被爱,

> 这是我们最神圣的情感啊,
> 为什么竟有惨痛迸涌出来!

德国大文豪歌德借其风靡一时的小说《少年维特的烦恼》重印的机会,在书前加印了一首短诗,这儿所引即该诗的第一节。它虽不过四句,却包含着一条人生的至理,即青年男女相互爱恋乃是我们人类"最神圣的情感"。与此同时,它还发出一声千古浩叹:为什么从这"最神圣的情感"里,"竟有惨痛迸涌出来"啊!

为什么?!读完《智利地震》,相信您会产生一样深长的思考,一样沉痛的感叹。然而仔细想想克莱斯特讲的故事,便得到了明确的解答——酿成人类恋爱婚姻大不幸的祸害根源往往有三:一是门第等级观念,二是封建伦理、道德,三是迷信和愚昧。

三个祸害根源的第一个也是生活中最常见的一个,多半近在受害者身边,多半就像魔鬼一样附在相爱者的父母和亲人身上。在小说《智利地震》里,女主人公的父亲唐·阿斯特隆就中了魔。他存心虽不见得坏,却仍是悲剧的始作俑者。他之容不得女儿与家庭教师相爱,就因为自己富有并身为贵族,而家庭教师只是个地位卑下的穷光蛋,与他女儿真叫门不当户不对。

第二个祸害根源在外国中国都曾猖獗过许多个世纪,现实生活中谢天谢地已渐渐少了,但仍未销声匿迹。在小说中它是酿成悲剧和不幸的真正罪魁祸首,然而却披着卫道士的外衣,因此最可恨,最值得警惕。它的代表就是伪善的教会,就是那个毫无恻隐之心的大主教,那个借布道煽动仇恨的面目狞恶的教士。

第三个祸害根源即迷信和愚昧。它暴露了人性中的"恶",往往充当刽子手的角色,既可怕又可悲。可怕,因为它野蛮、残忍;可悲,因为它多半以群众的面目出现,有时甚至还附在受害者本人的身上。小说中那个野兽似的鞋匠,那些为能一睹女主人公被斩首的场面而兴奋莫名的太太小姐,都是它的化身。

克莱斯特剥掉这三个祸害根源形形色色的外衣,暴露出它们丑恶、凶残的原形,然后狠狠地给予了鞭笞。这,就是小说《智利地震》巨大而深刻的思想内涵。我们中国曾长期受同样的祸害,今天青年中恋爱悲剧仍时有发生,《智利地震》从思想内容上看对我们并未过时。

《智利地震》这篇小说还非常好看。它不只如德语Novelle要求的有一个完整而富传奇色彩的故事,而且情节跌宕起伏,张弛有致,开篇和结尾更是扣人心弦。读者读了第一句,便不能不读下去;读完全篇,心灵不会不受到剧烈震撼!放眼世界,有如此艺术魅力和震撼力的短篇小说,实在不多。

从德语Novelle的发展看,是克莱斯特把以前流行的"事件小说"提高为了"性格小说",也就是讲,他不只注重故事情节的完整、新奇和精彩,还着力塑造出性格鲜明的人物典型。在《智利地震》中,不论正面人物还是反面人物,都无不个性突出,血肉丰满。单说年轻的男女主人公吧,他们既具有热情、善良和对自己的爱人无比忠贞等鲜明的优点,也难免一般民众笃信宗教以至对其轻信、痴迷的弱点。正是这个弱点，使他俩在好不容易才侥幸逃生之后又自投罗网，自入虎口，不但糊里糊涂地送了命，还连累了一位"高贵的"好人和他的小孩。这样的结局，使《智利地震》越发带有了悲剧的性质。

Novelle乃是"戏剧的姐妹"，德国另一位中短篇小说大师施笃姆说。《智利地震》确实极富戏剧性，可称为德语Novelle的经典范例。